JN099691
Tohara & Morino
「バーテンダーはマティーニがお嫌い?」

バーテンダーはマティーニがお嫌い？

砂原糖子

キャラ文庫

この作品はフィクションです。
実在の人物・団体・事件などにはいっさい関係ありません。

目次

口絵・本文イラスト／ミドリノエバ

バーテンダーはマティーニがお嫌い？

スンと夜の匂いを嗅いだ拍子に、いつも通りの向こうが目についた。

夜になると様変わりする街。ネオンが灯れば、昼間人気の少ないくたびれた通りほどバッチリと化粧でも施したみたいに息を吹き返す。

表に出るとつい空気を深く吸い込みたくなるのは、窓もないバーで働いているからか。

外からは営業しているのかどうかさえ判りづらい店の看板は、店名も小さくしか入っておらず、置く位置には気をつけるようオーナーに口うるさく言われている。

これも洒落たバーの宿命だろう。澄まし顔で客に媚びないクールさを装いつつ、一見さんにも気がついてほしいと必死の目配せ。

酔客がぶつかりでもするのか、角度のズレやすい看板を直すのは、いつの間にかバーテンダーの戸原の仕事の一つになっていた。

「もっとこう、どっしりした看板にしとけば動かないのに」

ぼやきつつも、視線は華奢なシルバーのポールのような看板ではなく、通りの向こうへと吸い寄せられる。

今夜も琥珀がかった色の光を放つ向かいの店。テラス席まで備えたオープンな店構えは、バーというより酒場の雰囲気だ。隔てた四車線の道路を越え、賑わいはうんざりするほどこちらまで伝わってくる。

戸原はしかめっ面になった。

客にたまに王子顔とも言われる端整な面立ちながら、視力があまりよくないため遠くを見る目つきは悪い。

今は実際に忌々しい気分もなきにしもあらず。

一般客相手の普通のバーがひっそりと客を待ち侘びているというのに、夜な夜な同性愛者の集うゲイバーが人目も憚らずにご盛況とはだ。

車の流れが途切れると、一瞬の静寂を狙ったように客の笑い声まで聞こえた。グラスビール片手に隣の男の肩に身を預ける女性……いや、女装客。中身がいかつい男であるのはシルエットで判るし、そもそも笑い声からして野太い。

——勘弁してくれ。

視覚及び聴覚への暴力だと言わんばかりに顔を背ければ、今度は付近を闊歩する同性カップルが目についた。

川のように街を分断する道路の向こう岸は、ちょっとしたゲイタウンになっておりその手の店が少なくない。

——知ってたら、こんな場所に勤めるもんか。

実際、離れた姉妹店への異動もオーナーに掛け合ってみたが駄目だった。

戸原は同性愛者が嫌いだ。

川の向こうは異世界と思え。ゲイが大量に湧いていようが、魑魅魍魎がうろつこうが自分には関係がない。そう割り切ろうにも、せっかくの住み分けを台無しにするような店が存在するせいで、しかめっ面になる。

男、男、男、紅一点ならぬ女装の男。マイノリティの不遇はどこ吹く風だ。どいつもこいつも浮かれやがって、ゲイのくせに——なんて、人として最低の毒づきを繰り出したくなる。

じっと目を凝らせば、長身のスーツの男がテラスに出てくるのが見えた。ラフな服装の客が多い中でスーツは目立つ。際立ってバランスのいい体軀であるのも見て取れ、好き好んで『ゲイ』なんてやらなくとも女にモテるだろうにと思った。

学校ならばクラスに一人いるかいないかの男前だ。記憶にマッチングをかけそうになり、きっとあれはただの『雰囲気イケメン』に違いないと、ねじ伏せるように否定した。

まだ十月とはいえ夜風は冷たく、ぶるっと身を震わせる。

「戸原くん？」

女性の声が響いてハッとなった。

「そんなところで、どうしたの？」

店の前に不審に突っ立ったままの戸原は息を飲み、次の瞬間には柔らかな笑みを白い顔に刷くように浮かべた。

「浅井(あさい)さん、こんばんは。今夜あたり来てくださるんじゃないかって、お待ちしてました」

店に戻れば、外の世界など忘れたかのような独特の空気が、今夜もバーには満ちていた。

二十八歳の戸原苑生(そのお)は、見習いのバイト時代から数えるともう八年ほどバーテンダーをやっている。この店、『9(ナイン)』は三年目だ。

積極的に飛び込んだ世界ではないけれど、営業スマイルだけは基本のカクテルを覚えるより先に身についていた。特に女性相手には条件反射のように笑みが零(こぼ)れ、天職はバーテンダーよりもホストじゃないかなんて揶揄(やゆ)する者もいるくらいだ。

バーカウンターの頭上にスポットライトのように並んだ間接照明の光を浴びると、戸原の茶色がかった髪は艶(つや)めく。

白と黒のバーテンダー服は蝶(ちょう)タイではなく、首元は自由だ。戸原はだいたいいつも、レップ織りのネクタイを締めていた。光沢のさりげなさが好みで、シルバーグレーと紺の細かな織りは、遠目にはシックな無地にも映る。

ストレッチの効いたシンプルな黒ベストに、すらりと締まった体のライン。モデル顔負けの八頭身も手伝い、身長はいつも実際より高く見られた。

「戸原くん、さっきの『お待ちしてました』って嘘(うそ)でしょ？　私、八月から来てなかったもの」

カウンターの定位置に座った年上の女性客は、一目でハイブランドと判るオータムカラーのストールを外しつつ、疑いの眼差しを送ってきた。

戸原は動じずに笑んだ。

「八月の最後の水曜でしたね。浅井さん、九月は出張が多いから忙しくなるって。大阪、福岡、沖縄……ああ、初めての鳥取にも行くって話してくれましたっけ。どうでした？　忙しくて、砂丘を見る暇はなかったでしょう？」

すっとした姿勢を崩さぬまま、艶やかな黒いカウンターにカクテルグラスを差し出す。

ピンに刺したマラスキーノ・チェリーの沈む、夕焼け色の液体で満たされたグラス。

「……マンハッタン」

呟いた彼女の口から、反論が出ることはもうない。カクテルの女王とも言われるウイスキーベースの一杯は、決まって彼女の最初のオーダーだ。

戸原はスマイルだけでなく、記憶力もそこそこ自信がある。

テーブル席の客には、同時に準備した二杯のカクテルを運ぶ。同じものだけれど、片方にはグレープフルーツではなくチェリーを添えており、出された女性はすぐに反応した。

「私にはチェリー？」

「こないだ酸味の強いフルーツは苦手だって言ってらしたでしょ？」

「えっ、二度目なのに覚えてくれてたんですか⁉」

「もちろん、お客様の顔は忘れませんよ。忘れたくとも、印象的な美しい方は勝手に記憶に残ってしまいますしね」

我ながら調子がいい。けれど、賛辞が間違いでないのは、見る見るうちに恍惚となる彼女の表情で判った。見つめ返せば、頬はもう赤い。

学生時代から、戸原は女の子によくモテた。

言葉は安っぽくとも嘘はない。女性はみな、むさ苦しい男共に比べれば百倍美しく綺麗だ。線の細さも、肌の柔らかさも、人工的な香りだろうと長い髪からはいい匂いが漂う。

なのに、好き好んで同性に走るゲイが戸原には理解できない。

気づけばまた向かいの店を思い出して、目が据わりそうになった。

ライバル視するほど、この店も閑古鳥は鳴いてはいない。

戸原目当ての女性客も毎晩訪れ、最近は意識してか、露骨に振る舞いがホスト化しているバーテンダーまでいる。フロアの中央に向けてU字に伸びるカウンターの反対側からは、品があるとは言い難い男の笑い声が聞こえた。

戸原より二つ年上ながら、乗りだけは若いバーテンダーだ。出勤時に客と一緒にやってくる姿も目にしており、『同伴かよ』と心底呆れた。オーナーもべつに正統派のオーセンティックバーを目指してなどいないだろうけれど、春先にベテランが辞めてから店の風紀は乱れる一方だ。

女性客相手にむやみに調子のいい戸原も、人のことは言えないかもしれないけれど。

白い体温の低そうな手でシェーカーを振り始めると、スポットライトに照らされたその姿をじっと見ていたカウンター席の男が、片肘をついた手に重たく頭を預け言った。

「バーテンさん、あんた悩み事なんてなーんもないって面してんねぇ」

いきなりケンカを売っているのか。

血圧が急上昇しようと、バーテンダーの基本は優雅にポーカーフェイスだ。

眠たげな細い目をした男だった。年齢は同年代くらいか。記憶に残りづらい薄い顔だちながら、おそらく一見客だろう。

マティーニを立て続けにオーダーしており、嫌な予感はしていた。

マンハッタンが女王なら、マティーニは言わずと知れたカクテルの王様だ。あまりに名が知れているがゆえ、バーに馴染(なじ)みの薄い客ほど、『とりあえずビール』のノリでオーダーをする悩ましさがある。

飛び抜けて高い度数は、ほとんどベースのジンをストレートで飲んでいるのと変わらないというのに。

おかげで泥酔客も量産だ。

「僕は幸福そうに見えますか？」

呂律(ろれつ)の怪しい男にも、戸原は微笑(ほほえ)みかけた。

「だってその顔、女に振られて泣いたことなんてないっしょぉ？　恋愛で思いどおりにいかなくてもう嫌だぁなんて経験、ゼッタイない面だもん、あーヤダヤダ」

——そっちか。

「そんなことはありませんよ。人生も恋も悩みはつきものです。なにかおありでしたか？」

一見客がふらりと入った店で愚痴を零したがるとは、よほど切羽詰まっていたのだろう。

男は、判りやすくもなかなかに悲惨な不幸話を始めた。結婚を意識して指輪まで作った彼女が、ホスト風のチャラ男に入れ込み、あげく振られてしまったとか。

「苑生くん」

相槌(あいづち)を打っていると、カウンターの左側からは、早くも三杯目のグラスを重ねた浅井が、ネイルのビジューの輝く手をひらりとさせた。

名前で呼び始めるのは、酔いがだいぶ回ってきたサインだ。

「そういえば、苑生くんってイエスマンなんだって？」

「はい？」

「夏に来たとき聞いちゃった。女の子のリクエストは、なんだって聞いてくれるんでしょ？　カクテルじゃなくても」

意味深な会話に警戒しつつも、戸原は無下に否定はしない。

「そうですね、相手にもよりますが」

「ふうん、私のお願いは？」

「僕が浅井さんのリクエストを断ると思いますか？」

彼女は満足気に笑み、話の核心に触れた。

「よかった。私もカクテルの作り方を覚えたの。飲みに来てくれない？　私の部屋に」

「僕が行ってもお邪魔じゃないんですか？」

「全然。独り暮らしだもの。うるさい旦那もいないし、ペットも無し。泊まってくれてもいいのよ？」

「どんなでしょうね、浅井さんの部屋で見る朝焼けは」

「ふふっ、チェリーみたいに赤いかもよ？」

意味深に笑う彼女はグラスのカクテルピンをつまみ、底に沈んでいたシロップ漬けのチェリーを口へ運んだ。

「だから、今夜お店が終わったら……」

突然、バッと男が立ち上がった。

「よし、あんたで決まりだ！」

メソメソと愚痴を零していた男だ。

「……はい？」

唖然（あぜん）となる戸原はチョイチョイと指を動かして呼びつけられ、カウンターを男のほうへ移動した。

「この店で一番のバーテンはあんただ、見たところ顔も一番だし、間違いねぇ」

「は……ぁ？」

　バーカウンターにいるにもかかわらず、惚(とぼ)けた反応になってしまった。

「あんたをスカウトする」

「スカウトって……なんのです？」

「さっきの俺を振った女の話、ひでぇ話だったろ？」

「ええ、まぁ……」

「だから懲らしめてやってくれよ。あいつ、少しは痛い目に遭って後悔すべきなんだ。あんたのそのたらし力でもって落として、メロメロになったところを振ってくれればいい」

　やや前のめりになってまで話は聞いたものの、脳が受け止めるのを拒否した。

「いや……いやいや」

　戸原は静かに首を振った。

　バーテンダー歴およそ八年、カウンター越しに様々な修羅場を目撃し、自身も理不尽な対応を迫られたことは数知れずながら、これほど動揺させられたのは初めてだ。

「僕はただのバーテンダーですよ？」

「バーテンダーって言ったら、ホスト、美容師、バンドマンに並ぶ三大女癖の悪いモテ職だろ？　一人くらい瞬殺で落とせる」

三大には一個多いし、多分に失礼だ。ホストは仕方ないとしても、ほかの職業は貰い事故のようなものか。

「もちろんタダでとはいわない。金は払う」

「いやいや、対価の問題じゃ……」

首の振りがさらに大きくなる戸原の反応を無視し、男は背中側へ回していたセカンドバッグから取り出したものを、トスッとカウンターに置いた。

「これでどうよ？」

一瞬怯んだ。帯のついた札束なんて初めて見た気がする。

つまり百万円だ。

「いえ、本当にお金の問題ではありませんから」

「俺は手島伸也だ、よろしく」

スツールから腰を浮かせた男は、戸原の手を強引に手繰り寄せ、痛いほどに強く握り締めてきた。

「や、やめてくださいっ、本当に僕はなにもする気はっ！」

「なんか安心したわぁ～気が抜けたらトイレ行きたくなった」

男の目蓋の重たげな細い目は開いてはいるものの、呂律は相変わらずの酔っ払いだ。

上機嫌でそのまま席を立つ。

「ちょっと、お客様…っ！」

トイレは行ったばかりじゃないのかと、突っ込む間もない。それどころか、カウンターには無造作に札束が残されたままだ。

正確には、軽く乗せられたメニューブックの下だ。百万円を覆うには心許なさすぎて、ハンカチ一枚ほどのカバー力しかない。

戸原は気が気ではなく、目が離せなかった。会話の途中で放り出された浅井から不満そうに呼ばれるも、それどころではない。

「少々お待ちください」と愛想笑いで躱し、「早く戻れ！」とジリジリした思いで待っていたところ、長い小便……いや、レストルームから男が戻った。

ホッと胸を撫で下ろしつつ声をかける。

「お客様、カウンターに貴重品を残されるのは……」

「ない」

手島は突っ立ったまま、メニューブックを掲げた。

「金がない」

カウンターには本当になにもなかった。札束の影も形も。

「あんたが受け取ったんだな？」

「いえ、受け取っていません」

首を振り、否定すると男は言葉を改めた。

「じゃあ、盗ったのか？」

「まさか！　受け取ってないし、盗んでもいません」

「じゃあ、なんでなくなったんだよ？」

バーテンダー歴およそ八年。更新したばかりの動揺の大きさが、十分と経たずに上回ったのを戸原は感じずにはいられなかった。

「いいさ、元々あんたに渡すつもりで出した金なんだからな。バーテンさん、願い事を叶えてくれるんだろ？　イエスマンだもんな」


夜更かしが常の仕事のせいで、日中は秋の柔らかな日差しすら眩しく感じる。

光を追い払うように目を瞬かせる戸原は、目的の店を前に今朝から何度目か判らないボヤキを漏らした。

「なんでこんなことになったんだ」

今朝と言わず、昨夜から繰り返している言葉だ。

脅迫紛いに取りつけられた約束。札束の行方なんて戸原は知らないし、濡れ衣にもほどがあるけれど大事にしたくない事情もあった。

オーナーは面倒を嫌う。洒落たバーの体裁を頑なに守るあの看板のイメージどおり、白黒つけるより何事も穏便に。警察なんて呼ぼうものなら、身の潔白を晴らすより先にクビが飛びかねない。

札束の行方は知らないと言いつつも、ずっと見ていただけに、男の勘違いだろうという淡い期待もあった。『昨夜は酔ってご迷惑をおかけしました。お金は見つかりました』なんて、憑きものの落ちた連絡が来やしないかと甘い考えを戸原は抱いていた。

そして、ものの見事に裏切られた。人に無理難題を吹っかけておきながら、勿体つけるように二日も経ってから送られてきた詳細のメッセージ。『イエスマンくんへ』と書かれた冒頭にこめかみがヒクついた。

——誰がイエスマンだ、俺に恨みでもあんのか。

指定された店のドアを見つめる戸原は、「なんでこんなことに」とまた口を開きかけては閉じる。

文面には場所も地図もなかったにもかかわらず、迷うことなく辿り着いてしまった。

道路の川越し、『9』の向かいの店なのだから迷いようもない。

ターゲットはこの店に勤めているという。

しかし、ゲイバーに女性従業員がいるとも思えず入口でまごついていると、テラス側から

「いらっしゃいませ〜」と爽やかに声をかけられビクリとなった。

黒いギャルソンエプロンを身に着けた女性が、テーブルに残されたグラスや食器を片づけながらにこりと笑む。高く澄んだ声は本物の女性に違いない。

夜の人工的な明かりの失せた店は、まるですっぴんのあどけなさでも取り戻したかのようだ。テラスから覗く客もスーツのサラリーマンにカップルと、そこらの店と変わりなく拍子抜けする。

どうやら昼間は普通のカフェ営業をやっているらしい。『9』のクールなモノトーンの内装と違い、温かみの感じられるウッディなカウンターやテーブルは、確かにカフェにも向いている。

手島からは、バイトで潜り込んでターゲットに近づくよう言われた。そんなドラマや映画じゃあるまいし、うまく行くはずがない。

考えてみれば、面接に受かる必要はなく、落ちれば「残念、無理だった」ですむ。

紺のニットにベージュ系のパンツの無難な服で来てしまったけれど、もっと奇抜な格好をすべきだったたか。

「すみません、アルバイトの面接に伺ったんですが……カフェのフロア係で」

店に入り先ほどの女性店員に尋ねた。間違ってもバータイムは関わりたくない思いが滲んでか、無意識に『カフェ』と念を押す。

「オーナーでしたら、今奥に来られています」

オーナーが自ら面接をするのか。

――ていうか、奥ってどっちだ？

テラスが三分の一ほどを占める店は、外からの印象ほど広くはない。ゆったりとテーブルを配置していることもあり、座席数は四十程度だろう。

壁際のカウンターには調理人らしき若い男しかおらず、視線を彷徨（さまよ）わせた戸原は、窓際の席に目を留めた。

最奥のコーナーに位置する席は落ち着いた日陰ながら、丸テーブルの上の手元には窓越しの日差しが当たっている。

使い込まれた茶色い革カバーの手帳を開き見る男の手。スーツの袖口まで白い光に包まれた長い指の手に覚えがある気がして、戸原の心臓はドクンとなった。

男と目が合いそうになると、条件反射で体が踵（きびす）を返す。人の脳は大したものだ。戸原の頭は、コンマ一秒とかからずに十年ほど会っていない男と同一人物とみなした。

「戸原」

ガタリと背後で椅子が鳴る。フロアを足早に出口へ向かおうとして呼び止められた。

背中で受け止めた声が、ぞくりとなるほど高校時代と変わりない。『ああ、久しぶり』なんて、バーカウンターにいるときのようなそつのない会話を始める自分を予測するも、現実には振り返るだけでやっとだった。

「……杜野」

喉元でも摑まれたみたいに、それ以上の言葉が出ない。

「面接に来たんじゃないのか？」

「いや、俺はべつに……」

「名前を聞いて、たぶんそうだろうと思ってた」

落ちてもいい気楽な面接のはずが、違う意味で緊張感が漲る。促されて向かいの席に腰を下ろし、有るべきものを戸原は持っていないことに気がついた。

「バイトの面接に来るのに、履歴書を用意してないってあり得るのか？」

「……忘れた」

「ますます有り得ないだろう」

テーブル越しの顔が見られない。履歴書を忘れるという前代未聞の失態を演じているからではなく、再会するはずもない男がオーナーという想定外の事態だからだ。

高校時代の制服に似たチャコールグレーのスーツを着ていても、もう紛いようのない大人の男。当たり前だ。自分が三十歳も間近なように、目の前の男も同じ分だけ年を取った。

昔から落ちついた声や雰囲気だったのが、今は年相応に感じられた。どうやら根が真面目なのも変わらずのようで、苦虫でも噛み潰したみたいな表情をしている。

――いや、手ぶらで面接に来たんじゃ、誰だってこんな顔になるか。

盗み見る戸原は、その口から飛び出した言葉に耳を疑った。

「まぁいい、合格だ」

「え……」

「合格だと言ってるんだ。なにか問題でも？」

ポカンとなりそうになる唇を焦って動かす。

「いや、ちょっと待っ……あ、あるだろう問題は。俺は履歴書も用意してないような奴なんだぞ？」

「素性はだいたい知ってるからな。今更、卒業した中学や高校の名前なんて確認してどうする」

「でも……」

まごつく間を縫うように、先程の女性店員がそろりと声をかけてきた。

「お話し中、すみません。本宮さん、お電話です」

呼ばれた男よりも、戸原のほうがビクリとなった。

「ああ、誰から？」

相手を確認し、『後でかけ直す』と杜野が答えれば、彼女はカウンターのほうへ急ぎ足で戻って行く。戸原はその間も男の顔に視線を釘づけにしたまま訊ねた。

「本宮って、おまえのことなのか？」

「父方の姓だ。親の離婚の関係でな。そうか……離婚は中学のときだったから、高校じゃもうずっと杜野だったもんな。本宮に戻ったんだ」

一度母方の姓を選んだものが、何故(なぜ)また父方の姓に戻ったのか。

なにか事情があるに違いないが、戸原の頭の中はそれどころではなく混乱し、杜野は不思議そうな顔をした。

「どうかしたか？」

「あ、いや……」

「呼ぶのは杜野でいい。俺もそっちのほうがしっくりくる」

杜野は苦笑し、繰り返すように言った。

「なんだ、なにか問題でも？」

大アリだ。

ターゲットの名前はモトミヤイツキ。戸原はそう聞かされていた。


杜野一樹(いっき)は友人だった。

同性愛者でなければ、今も友人だったかもしれない。

「……どうしてこんな」

明後日(あさって)の方向を向いた『9』の看板を歩道で直しつつ、愚痴を零す戸原の目は道路越しの店に向かった。今夜も明かりの灯ったゲイバーに、『杜野の店』という詳細が加わった日。

ゲイであるはずの杜野が普通に結婚し、家庭に収まっていると思っていたわけではないけれど、店を構えるなんて考えもしなかった。

バー『クラウディ』。随分とすっきりしない店名だ。晴れでも雨でもなく、もやもやとした曇り。聞けば前のオーナーからそっくりそのまま店を引き継いだらしい。

向かいのテラスに出てきたあのやけに男前なスーツの男。あれは杜野自身だったのだろう。似ていることに、たぶん気がついていた。確信を持たなかっただけで——いや、持ちたくなかったのかもしれない。

それにしても、なんだって面接に受かってしまったのか。

「モトミヤイツキは男でしたよ。どういうことでしょう?」

待ち侘びた手島は、『9』が開店して小一時間ほど経った頃にやってきた。

今夜も会社帰りらしく、スーツでしれっと現れた諸悪の男。胸ぐらを摑んで、ひょろりとしたその身をガクガクと揺すってやりたいくらいだけれど、クールなバーの澄ましたバーテンダーは、そんな荒っぽい真似(まね)はしない。

ほかの客や同僚の目もあり、笑顔を引き攣(ひつ)らせつつカウンター越しの声を潜める。

戸原は女性名と信じて疑いもしなかった。

「そうだよ、だから?」

「だからって……」

悪びれるどころか驚きもしない手島に、戸原は絶句する。

「あれは、振った彼女を懲らしめたいって話じゃなかったんですか?」

「彼女のほうなんて一言も言ってないし。元はと言えば、全部男のせいだろ? 手ぇ出すクソ野郎がいたからだ」

「まぁ、それは……でも」

「本気なら俺だってそこまで憎んだりしねぇよ。惚れ合ったもん勝ちでもいいさ。俺が許せないのはな、甘い言葉で瑞葉をたぶらかしておいて完全遊びだったってとこだよ。なぁ、あんたもそう思うだろう?」

まだ酒は一滴も入っておらず、呂律の確かな男の主張は一応筋は通っている。

戸原は息を飲み、手島は溜飲でも下げたように乗り出した身を引いた。

カウンターで目についたグラスに手を伸ばそうとする。二つ隣の席のカップルのワイングラスで、ぎょっとなった。

「ちょっとっ、違いますよ」

勘違いにもほどがある。

「ああ、喉が渇いたんでつい。なんかすっきりしたのくれ」

「カクテルならジン・リッキーはどうです。トニックがお好みなら……」

「ソーダ割りでいい。こないだの……ああ、マティーニはダメだな。酔いが回るのが早いし、喉潤すには足りねぇからがばがば飲まなきゃなんねぇし」

「はは……」

——だから、ビールじゃないんだって。

タンブラーにカットライムをぎゅっと強く絞り入れそうになるのを、戸原はどうにか堪えた。

ジン・リッキーは、添えたマドラーを使い、好みでライムを潰しながら飲んでもらうのが正統なスタイルだ。

「それで……恨むのは仕方ないとしても、あのオーナー相手に僕にどうしろって言うんです」

「あの店が夜はゲイバーなのは知ってるだろ？　バイなんだよ、あいつは。あんたにも落とせる」

「ご冗談を。僕は男性を口説いたことはありません」

「手に負えなそうだと思ったら止めればいい」

「手に負えません」

「即答かよ。会ったばかりで判るのかよ」

戸原は思わず返事に詰まった。知人だったなんて、絶対に知られないほうがいい。

ソーダを最後に注いだグラスを素早くステアする。バースプーンに揺らされて微かに鳴る氷の音は、どうにか一瞬の沈黙をうやむやにしてくれた。

「判っても判らなくても同じですよ。誘惑目的で男に近づくなんてありえませんね。僕はゴメンです」

仕事柄か見るからに体温の低そうな指先よりも、ひやりとした声が出た。

「はっ、本性出たな」

「本性って……」

「あんたみたいにさ、右も左も前も後ろも……後ろはないか、とにかく全方位の女にヘラヘラしてたら男に振る愛想なんて残ってないんだよ。絞りきったライムみたいにな」

差し出したコリンズグラスの底のライムを、手島はこれ見よがしに揺すった。

上手いことでも言ったつもりか。

「ライムはどうぞお好みで潰してください。絞りきってはおりませんから」

戸原はにっこりと笑んで告げ、一口飲んだ手島は「なにこれ、美味いな」とどこか悔し気に唸る。定番であっても店と作り手によって味が変わるのが、カクテルの奥深いところだ。

「と、とにかく、相手が男でも女でも、あんたは本当に付き合うわけじゃねぇんだから問題ないだろ。その気にさせるまでが役目なんだから」

「その気にさせる過程に問題があるんですよ」

バーカウンター内にもかかわらず戸原は溜め息をつきかけ、手島は無理矢理にそれを引っ込めさせた。

「じゃあ、どっかの女にあいつを誘惑させるってのか？」

白と黒。バーテンダー服もギャルソン服も、配色からして大差ない。

たまにノーネクタイの首元に手をやった際に違いを思い出すくらいか。白シャツに黒のスラックス、ギャルソンエプロンを腰にキリッと巻いた戸原は、カフェ『クラウディ』でもきびきびとよく動いた。

「ありがとうございました」

会計をすませた客が出て行くのを、テラス席の丸テーブルを拭きながら見送る。戸原と目が合った女性たちははにかみ、「新しい店員さん、イケメンだよね」「また来よ～」なんて去り際に言い合う声が、爽やかな秋風に乗って聞こえた。

夜の仕事とはまた違った充実感だ。昼も夜も働くなんてと思っていたけれど、週に二日程度なら苦でもなかった。

家に居ても暇なだけだ。

高校を卒業して実家を出てからは、家族とは疎遠で年に一度会えばいいほうだ。恋人は作らないと決めている。

気ままな一人暮らし。趣味といえば、寝る前のスマホでの動画鑑賞くらいか。唐突に多趣味にでもならない限り、時間は充分にある。

夜は暗くて目にも留まらなかった街路樹の色づきが眩しい。『昼の街もいいものだな』なんて銀杏（いちょう）を仰ぎ見る戸原は、こうなった原因を一瞬忘れていた。

「終わったなら、こっちも頼む」

開け放した窓越しに命じる声に、戸原はムッと表情を変えつつ振り返る。

オーナーの杜野は常に店にいるわけではないけれど、やって来ると決まって窓際の奥の席に陣取った。パソコン作業なら事務所に引っ込んでやればいいのにと、内心毒づかずにはいられない。

店内の客の様子を確認しているのかもしれなかった。

あるいは、新入りの監視か。

「戸原」

「終わったらそっち片づけようと思ってたとこ」

食器の残ったテーブルを再度示され、戸原は『今やろうと思ってたのに！』と母親の小言に抵抗する中高生みたいな口調になった。

「あっ、いいですよ、ここは私が。戸原さん、ダスターください」

険悪な空気を察してか、降臨した女神みたいに女性店員の篠原が言った。面接の日に最初に声をかけてきたあの子だ。

あれから九日、バイトは三回目だ。

店内に客もいるのにダスターを窓から放るわけにもいかない。入口に回ろうとすると、「ほら」と杜野が手を差し出してきた。

「あ、ああ」

リレー方式で無事にダスターは窓を越え、彼女の元へと渡る。杜野は開いたノートパソコンに視線を戻しつつ、なにを思ったかふっと笑った。

「なっ、なんだよ？」

「いや、もう窓枠は乗り越えないのかと思ってな。そんな元気な年でもないか」

高校の頃の話だ。中庭から図書室へ最短距離で移動するのに窓を越えた。杜野と初めてまともに喋った日の出来事だから、戸原もよく覚えている。

「べつに運動能力のせいじゃない。大人になっただけだし、それに……あんとき窓越えたりしたのは、おまえがそうしろって言ったからだろ」

「そうだったか？」

惚けているのか、本気で言っているのか。

パソコンに向かう男の横顔からは本音は読み取りづらい。

「杜野、おまえなんで俺を雇おうと思ったんだ？」

燻り続けていた疑問が、このタイミングでぽろりと口を突いて出た。バイトをするからには、仕事は真面目にこなしているつもりだけれど、杜野にとって自分が使いやすい人間とは思えない。

今は、顔を合わせたくもないほどマイナスの存在ではないということか。

そう思いかけた瞬間、淡々と返された。

「人手が足りないからだ」

「えっ」

「おまえ、向かいの店のバーテンダーだろう？　接客は慣れてると思ったしな」

「もしかして、前から気づいていたのか？　いつから知ってたんだ？」

面接で受かっては困ると思い、副業程度しかバイトはできないと訴えた。その際、成り行きで本業についても語ったけれど、杜野の反応はやけに薄く驚きは感じられなかった。

「なんだよ、知ってたんなら……」

『声かければいいのに』なんて、久しぶりの友人みたいなことを勢いで口走りそうになる。

戸原は慌てて口を噤んだ。自分が履歴書もなしにバイトに選ばれたのは、昔馴染みだからではなく、接客経験を見込まれてただけだとたった今判明したばかりだ。

「いつも店の前でこっちを見てたろ？　あんだけ睨まれてたら嫌でも気がつく。自覚なかったのか？」

「……気づいてなかった」

「まぁ、ゲイバーだもんな。おまえには鬼門か」

さらりと告げる男は、淡々とした口ぶりを崩さないままだ。昔から、あまり感情を露わにしない男だった。単に表情に出にくいだけなのかもしれないけれど。

「三つ子の魂百までって言うしな。そんなに同性愛者が嫌いか？」

「べつに」

「べつにって顔じゃなかったが。般若みたいな顔してたぞ」

「大げさだ。目が悪いからしかめっ面になるんだよ。遠くは見えづらいからな」

事実半分、言い訳半分の説明を、杜野は信じてはいない様子だ。

「そうか、いいさなんでも。気をつけろ、あんまり睨んでると眉間の皺が取れなくなるぞ」

不意に伸びた手にビクリとなる。杜野の大きな手は、予想進路の窓枠を越えずに目の前のテーブルに向かった。広げた書類を手に取りたかっただけらしく、紛らわしい。

窓枠にかけた戸原の手には、ぎゅっと力が籠っていた。誰に知れるわけでもない勘違いながら、どうやって力を抜いたらいいのか判らず、浅く息をする。

風が吹いた。

先程、眩さに目を細めたばかりの鮮やかな黄色が揺れた。ざわりと鳴る銀杏は、まだほとんど葉は落ちていない。

スカートでも捲り上げるみたいな風に後ろ髪が掻き乱され、戸原は撫でつける素振りで自らうなじに触れた。


爽やかな風が吹いていた。あの日も。

ただし、秋ではなく初夏だった。まだ新入生気分も抜けない、高校一年生の一学期。

「なに読んでんの？」

一階の図書室の窓に、存在は知っていても喋ったことのないクラスメイトの姿を見かけ、なんとなく声をかけた。

何故、放課後一人で中庭なんてぶらついていたのかも、本を読んでいるだけの杜野に興味を引かれたのかも、細かいことは覚えていない。

「そういえば、『山月記』って本は読んだことなかったと思って」

「ふうん、図書室で本を読む奴って本当にいるんだ。なんか意外」

「図書室で読まないでどこで読むんだよ。貸出か？」

「ははっ、その手もあるな」

誤魔化し笑いをする戸原には、図書室とは学習に使う場所だった。しかも、高校受験は背伸びしすぎて失敗し、私立の男子高校に入学した経緯もあっていい思い出はない。

「杜野って、見かけによらず文学少年ってやつ？　本好きなんだ？」

入学当初からクラス全員に認識されていそうな背の高い杜野は、運動部に入っていないのが不思議なほどインドアな印象はない。意外性で興味を引かれたのか。

当の杜野は「うーん」と低く唸った。

「好きとは違うかもな。テストに出たのが気になったってだけだから」

「ああ、テスト対策」

「じゃなくて、普通に。テストに小説の一部とか抜粋されてるの、続き気にならないか？　で、どうなったんだっていう」

『あんまり』という思いはどうやら顔に出てしまったらしく、杜野は追及せずに読書の続きに戻った。

邪魔をするつもりはなかった。戸原も黙ったものの、その場を離れる気にもなれずに分厚い装飾もなにもないコンクリートの壁を挟んで窓際に立ち続けた。

高校一年生にしては大人っぽく感じられる長い指が、規則正しく本のページを一枚ずつ捲るのを見ていた。

「入れば？」

十分と経たないうちに杜野が言った。

「いいよ、入口まで回るのめんどくさいし」

「窓越えればいいだろ」

「はっ？」

「誰も見てねぇし。見てたって、不法侵入ってわけじゃないだろ」

「そうだけど……そっか、そうだな」

素直に『なるほど』と窓枠に両手をかけた。

高校入学当時の戸原はクラスでもだいぶ小柄なほうで、運動神経がいいわけでもなかった。それでも、身体能力は自己ベストであろう十代だ。結構な高さの窓枠にひょいと上がった。

一瞬であちらからこちらへ。軽やかな身のこなしで降り立てば、そこはもう図書室だ。

壁で隔てられただけの一階だから不思議でもなんでもない。なのにドキドキした。日頃、跨いだりすることのない場所に足をかけた背徳感か。

そんなことがあったせいか、杜野といるのは新鮮に感じられた。自然と一緒にいる時間が増え、放課後は図書室でだらだらと過ごした。

杜野の前では、黙っているのに気兼ねもいらなかった。

最初は読書の邪魔をしないよう静かにしていたつもりが、普段から話すネタがなければ喋らないでいるようになった。会話もなく、それぞれの作業に没頭して過ごす。

傍にいるだけならいなくてもよさそうなものだけれど、やっぱり杜野がいるほうがいい。そんな関係。

『なんか、杜野といると楽だよな～』

そう感じ始めて、戸原はこれまで結構な無理をしていたことに気づかされた。

人見知りはしないほうだ。クラスの誰とでも、その気になれば話せる。

しかし、会話が途切れず笑いが絶えないのが、必ずしも心を許しているからとは限らない。

家族だってそうだ。

戸原の家は、近所でも評判の理想的な一家だった。『素敵なご家族ね』なんてご近所さんから挨拶代わりに言われる。

キッチンや間取りに母の拘りの詰まった戸建てのマイホームに車は二台。週末に家族でアウトドアを楽しむための大きな車と、母の買い物用の小さな車。

そこそこ料理上手の母は専業主婦で、昼は欠かさず彩りのいい弁当を作ってくれて、大学三年生の優秀な兄は自慢の息子。優しく時々弟の勉強まで見てくれる。

ただ一つ他人の思い浮かべる『素敵なご家族』と違っていたのは、父や兄と戸原は血が繋がっていないことだった。

両親は互いにバツイチの再婚カップルで、弟の苑生は母の連れ子だった。

家では自然とよく笑うようになった。再婚で思春期の息子が拗ねてグレて不良少年のできあがりなんて、漫画みたいには現実はならない。

子供だって空気くらい読む。グラグラとよく揺れる不安定なシーソーに、揃って乗っかっているみたいな家族だからこそ、協調性がなにより大事だ。

目指すは『素敵なご家族』。それぞれが最高のパフォーマンスを発揮することを求められていた。大学生の兄は両親の期待にしっかりと応え、同じ進学高校に入学できなかった弟は落胆させた。

特に母は、よくできた義兄の後を血の繋がる息子が追えないでいることに、プレッシャーを感じているようだった。

グラグラフラフラ。シーソーの上で覚える重圧は、母から増幅されて伝わってきた。

戸原は気の休まらない家に、あまり帰りたくないのかもしれなかった。

放課後を杜野と過ごす日々は続いた。

秋、駅までの帰り道、隣をぼんやり歩いていたときに、戸原は歩道の先を示した。

「なぁ、あのコ可愛くない？」

深い意味などない。男子高校生のよくある会話のつもりだった。

夏も過ぎれば早まる夕焼け空の下、前を近くの女子高の子たちが歩いていた。後ろ姿だけで可愛いもなにもないけれど、一番右端の子の歩みに合わせて揺れるさらさらのロングヘアが目についた。短めの制服のプリーツスカートも絶妙な長さだ。

杜野の反応は鈍かった。

「そうか？　戸原はああいうのが好みなのか？」

「好みっていうか……まぁ、みんな可愛いって言いそうだなって」

マイペースな杜野といると、戸原は時々自分が周りに調子を合わせているだけのペラペラの存在に思えた。

杜野というより、自分に対してムッとしつつ応えた。

「じゃあ、杜野の好みってどんなだよ？」

そういえば、長く一緒にいるのに杜野とは女の子の話をしたことがなかった。

「特にないな。ていうか、俺はあんまり女に興味ない」

「興味ないって、それってもしかして……えっ、えっ、一人も好きになった子いないってこと？　初恋もまだって、図書室の本読んでる場合じゃなくない？」

杜野は意外そうな顔をしていた。一体どんな反応が返ると思っていたのか、面食らった表情なんて珍しかった。

「べつに好きになった奴がいないわけじゃない。おまえは？　戸原はいるのか？」

「俺？　まぁ、それなりに。中学んとき、クラスに可愛い子いたし。居眠りしてたらノート貸してくれる子もいて、優しいなって。いつも借りてるから『付き合ってる』とかってクラスの奴らにからかわれたんだよな。あと……」

「それ、恋愛じゃないだろ」

冷静な指摘に、戸原は続きを並べられなくなった。

言われなくとも薄々気がついてはいたけれど、あまり認めたくはなかった。高校は男子校だ。中学で恋愛経験がゼロとなると、今後も当分は望み薄ということになる。

戸原は早く可愛い女の子を好きになりたいと思っていた。

みんなみたいに。

「いいだろ、恋愛に前向きってことなんだから」

「前向きとか考えるものなのか。恋愛って、勝手にやって来るもんじゃないのか。こっちが嫌だとか迷惑だとか考えても、ぐいぐい来て気がついたら胸ぐら掴まれてるみたいな感じに」

戸原は少し驚いて隣を仰いだ。恋愛の話を振ったものの、図書室で本を読んでばかりの、見た目に反して草食っぽい杜野とはかけ離れた発言に感じられた。

そんなぐいぐい掴まれるような恋が、杜野の初恋だったのか。

「戸原?」

「あ……そ、そういえばさ、俺告白されるのも結構いいなって思ってんだよな。机にラブレターとかよくない?」

「古典的だな。今時そんな奴いるか?」

「意外性を狙ってくるコいるかもしれないだろ。手書きの手紙って、唯一無二感あってなんかいい。加工もコピペもできないやつ」

「加工って……いっそ和歌でもしたためてもらえよ」

「どこまで時代遡るんだよ。俺、古文苦手なのに。修辞法とか頭パンクしそうになる」

話すほどにくだらなくなっていく会話に笑い合う。

「杜野？」

ふと気がつくと、杜野がじっと自分の背後を見ていた。

「おまえのほうが可愛いな」

なんだか判らず、「えっ」となった。散漫になっていた意識を周囲に向ければ、先ほどの女子高のグループが同じ信号で足止めになっていた。

ロングヘアの子の横顔も覗ける。やっぱりイメージどおりのアイドル級の子だと思ったけれど、杜野はこちらに視線を移して言った。

「眉寄せる癖、止めたらな。戸原、時々目つき悪いし、眉間に皺ができるぞ」

ポンと後頭部に触れられた。ゆっくりと前にのめるような力加減で触れた大きな手。

離れる一瞬、うなじの辺りを指先が掠(かす)めた。


左手を首筋にやると、鏡の中の自分もそれに倣(なら)った。

左右真逆の世界でも自分は自分だ。冴(さ)えない顔をしている。シェーカーを振っているときの澄ました表情も、バーカウンターで客を見つめるときの微笑みもない。

　当然、可愛らしくもない。

「アラサーだもんな、こんなもんか」

　バイトの終わり際、清掃に入ったトイレで、戸原はギャルソン服の自分に思わず声をかけた。

　高校一年生の頃は、自他共に認める美少年だった。そう、自分でも顔立ちの愛らしさは気がついていて、そして嫌いだった。

　背が急激に伸び始める前だったから小柄で、顔まで男か女か判らないような半端具合なんてまったくもって嬉しくもない。正直、杜野のようなタイプに憧れていたのだ。

『可愛い』などと言われても少しも嬉しくなかった。

　なのに、あの日のことは鮮明に覚えている。大切な思い出のように。

　いつも放課後を共にして、駅までの道程を一緒に帰った。少しは有意義な出来事もあったろうに、印象的なのはどうでもいいようなことばかり。

　適当な網のザルでふるいをかけたら、希少なキラキラする石は呆気なく流れ去り、後には歪で色も冴えない、特別大きいわけでも形が面白いわけでもない小石が残った。そんな感じ。

　その一つがきっとあの日だ。

　思えば、女に興味がないのに初恋の経験はありなんて答えていた杜野の相手はたぶん男で、当時から同性愛者の自覚はあったのだろう。『あんまり』なんて言うから、希少な例外の女子がいるのかと思っていた。

「皺なんてもうできかけてるっての」

昔は童顔で女の子みたいと言われた戸原の顔も、二十代に入った頃から男らしさも加わり年相応になった。

杜野が見ていた少年はもういない。

鏡に伸ばしかけた手を引っ込め、洗面室を後にした。

「で、どうなんだよ？　進んでるのか？」

手島は週に何度か『9』に様子を見に来るつもりらしかった。

カウンターのお決まりになった席に腰をかけた男は、喫茶店でコーヒーでも注文するような調子で『いつもの』とまでいう。

決まった酒ができたわけではなく、戸原にお任せという意味だ。

注文のスタイルは嫌いじゃない。本来は困らせるつもりで言っているのか、出したカクテルを口にする際、ムッと悔しげな表情を浮かべるのも悪くなかった。

戸原はオーダーでは期待に応えても、例のアレに対しては素気無く答える。

「いえ、まったく」

「おい」

「進むわけないでしょう。ゲイ嫌いなんですから、僕は」

「開き直んな。じゃあなに、あんたただ昼間あそこでバイトやってるだけ？　俺はな、百万返してほしいわけじゃないんだよ。そこ判ってんの？」

　判りたくもないし、盗んでもいない金を返すつもりもない。

「まぁ、仮に百万円を貯めるとして、少ないバイトでどのくらいかかるのか計算していませんが、彼を落とすよりかは早いでしょうね。百万年かかっても僕には無理です」

「澄ましやがって……いつも女泣かせてんだから、男も泣かせるくらい簡単だろう」

「簡単じゃないですし、女性も泣かせていませんよ。僕はバーテンダーです。美味しいお酒を提供するだけの仕事です」

「はっ、どんな酒なんだか、白い濁り酒か？」

　下ネタのつもりか。この店には相応しくないので黙殺するも、カウンターの背後はＢＧＭのジャズを掻き消すほど騒がしかった。

　客がまだ少ない時刻なのをいいことに、やりたい放題のホスト紛いのバーテンダーの以崎が女性客相手にシャンパンコールならぬルシアンコール。

　カカオリキュールベースのカクテルは口当たりがよく、食後のデザート感覚で飲めてしまうけれど、度数の高いレディーキラーだ。

もちろん知らないバーテンダーなどいない。

――どんなコールだ。ていうか、いいかげんにしろ。

背中にも目がついていたなら、さすがに睨んでしまっただろう。背にはベスト越しの肩甲骨を浮き上がらせ、頭上の棚のグラスに手を伸ばす戸原は、意識をカウンターの裏手に集中させた。

――危なそうなら声をかけるか。

目の前の男だけでも厄介なのに、面倒を増やしてくれるな、クソったれ。

心がどんなに荒れようと、表情さえ変えずにクールであればノープロブレムだ。そのはずが、ボトルを開けようとして息苦しさを感じ、戸原はネクタイの結び目を揺すった。

白い肌を押し上げるように、微かに喉仏が上下する。ふと、カウンターの向こうから手島が糸目を見開かせんばかりにじっと見ているのに気がついた。

「なんでしょう？」

「いいんじゃね、その感じ。男相手でも出せるじゃねぇか、色気」

「中学生じゃあるまいし。タイを緩めたくらいで、いい大人が食いつきますか？　そもそも……本当に彼なんですか？」

手島は首を捻った。

「どういう意味だ？」

「あなたの彼女を誑かした男です。彼がバイだったとしても、僕には女性の気持ちを弄ぶ人間には見えません。むしろ堅物というか……思い違いでは？」

「はっ、あんたがそれを言うか」

否定されて気に食わなかったのか、手島はグラス片手にふんぞり返るように身を引いた。

——なにか俺と杜野の関係を知っているのか。

気になって眸の奥を覗こうにも、男の普段から重たそうな目蓋はシャッターでも下りたように閉じられていた。苛々と揺する手に、グラスの中のつるりと形を整えた氷が音もなく揺れる。

「とにかく、あいつを落とせるようもっと頑張れよ。落とせないなら、『ごめんなさい』とでも言わせるんだな。録音しとけよ、それで百万がチャラになんだから」

「ですから、無理……」

「じゃあ、あんたが言えよ！　ここに額こすりつけて一回一円で百万回、ごめんって言えっ！」

カウンターに叩きつけられた衝撃に、グラスの氷が弾んで音を立てた。フロアのテーブル席の客までもが、驚いてこちらに注視する。

「戸原、大丈夫か？」

裏手でバカ騒ぎ中だったバーテンダーの以崎も眉を顰めて振り返り、なんだって自分のほうが心配されなくてはならないのかと思った。

「外野は引っ込んでろよ」

腹の虫の収まらない様子の手島が言い、黒いベストの肩を竦めた以崎は元へと向き直る。

戸原が呆然となっていると、深く息を吸い込み気を取り直した手島が言った。

「あんたも謝るのが嫌なら、男の前でネクタイ緩めるくらい安いもんだろ」


戸原は人知れずボヤかずにはいられなかった。

「なんでこんなことになったんだ」

店に灯った明かりは、色づく街路樹までライトアップするかのように照らし出している。

十月ももう終わる。夜は冷えるというのに、テラス席の賑わいだけは夏と変わりなく目に映った。

アルコールと場の高揚感で、客は寒さなど気に留めていないようだ。

男、男、男、紅一点ならぬ女装の男。ここは、カフェ『クラウディ』ではなく、夜のゲイバー『クラウディ』である。

カフェタイムのバイトが終わる頃、夜のバイトの一人から急な休みの連絡が店に入った。

自分の知ったことではない。時間外労働はゴメンだ。ゲイバーで酒を提供したりするもんか
——腹の内で口悪く拒否したところで、店長の頼みを断り切れなかった戸原は、間違いなく敗

北者だ。

「なんでこんな……」

追い打ちをかけるようなこの賑わい。客はシングルやカップルが中心の『9（ナイン）』と違って、グループ客も多い。ゲイバーのイメージにありがちな一夜だか当面だかの恋人探しよりも、健全な交流を中心としたバーのようだ。

一昔前なら目立たぬよう苦心するのがマイノリティ。同好の仲間とは、ひっそりと寄り集まって親交を深めていたのではないのか。

今現在、息を潜めているのはグラスを運ぶ戸原のほうだ。目立って余計な声などかけられたくないと、俯（うつむ）き加減にテーブル間を行ったり来たり。

「夜まで悪いな。店長から状況は聞いた」

一段落した頃、いつの間にか店に来ていた杜野（もりの）に声をかけられた。一体店外でどんな仕事があるのか、今夜もスーツが無駄に様になっている。

ついじっと見てしまい、戸原は視線を打ち消すように言った。

「おまえの頼みだったら断ってる」

今日は昼に杜野はいなかった。

「言ってくれるな」

「うちは副業はダメだなんて決まりはないけど、さすがに向かいのバーってのはまずいと思う」

「客を取り合うような関係じゃないだろ。客層も違うし、おまえに酒は作らせない」

壁際に立ったままの男は店内を見渡す。

「俺が作ってたら美味すぎて、客が『9』に逃げるかもな」

「うちの酒を飲みもしないでよく言う」

「見れば判る。ステアするのに氷の面取りもろくにやらないようなバーテンダーのいる店が美味いわけがない」

氷の面取りは一見地味で、客は気づかないような作業だけれど、丁寧に処理をしておけばベースの酒が水っぽくならず、最後まで美味しく飲める。

アドバイスを送ったつもりはなくとも、戸原の忌憚なき意見に、杜野はハッとなったようにバーカウンターを見た。

「後で注意しておく。ほかにも気がついたことがあったら遠慮なく言ってくれ」

素直さに戸惑った。真っ直ぐに求められれば、こちらまで馬鹿正直が移ってしまう。

「……酒は信用できないけど、ここのフードは美味いな」

「え？」

「店長が味見させてくれた」

カクテルの手順は雑なところがあるものの、フードは充実しており、中でもスモークチキンは戸原もツマミに酒を飲みたいと思えるほど癖になる美味しさだった。

「燻製（くんせい）は自家製で、うちの自慢の一品だ」

「そうか。どうりで……」

戸原は言葉を詰まらせた。

テーブル席のシートに並び座った四人が楽しげな笑い声を立て、一人が隣の男の肩を抱く姿を目の当たりにしてしまった。

ゲイバーでは違和感もない光景なのだろう。周りは誰一人として反応しないものの、戸原には免疫がなかった。

「あの二人はパートナー関係だ」

「……そうなんだ」

「紹介しようか？」

「はっ？　なんで俺に!?」

適当に聞き流そうとしていた戸原は目を剝（む）く。

「いや、話してみればこの世界の印象も変わるかもしれないだろう」

「べつに変わる必要はない」

個々の人格まで否定するつもりはない。気のいい人間だっているだろうけれど、アレルギー反応でも示すかのように戸原の声は硬くなる。

「杜野、知ってるか、蜘蛛(くも)って脱皮するんだよ」

唐突に言った。

「……は？」

「この前、うっかり寝る前にタランチュラの脱皮動画を見たんだ」

「どうやったら寝る前にそんな動画に行き着くんだよ」

今度は杜野のほうが戸惑う番だ。

「……まぁ、いいが。で、蜘蛛がどうした？」

「最初は興味深く見てたのに、途中から寒気がした。あれって、まるっと脱ぐのな。蛇の日焼けした皮剝くみたいな脱皮じゃなくて、カニが甲羅でも脱ぐみたいに」

「脱ぐって言うな」

「理屈じゃないって話だよ。ほらみろ、おまえだって嫌なんだろ？　生理的に受け付けないものは誰にだってある」

「……なるほど、おまえにとってはそれがこの世界ってか？」

ようやく話の繋(つな)がりが見えたのか、一瞬の沈黙ののち、杜野は溜(た)め息(いき)をついた。

怒らせてしまったのか。目を合わせようとしなくなった男に、白ら言い出したくせして自然と身構える。

「常連には言っておいてやるよ。おまえにはオーダー以外で近づかないようにってな」

「あ……ああ」

言い残した杜野は、さっきから手招いているテーブル客のほうへ歩き出した。顔馴染みの常連だろう。オーナーを呼び寄せたというより、仲間を迎える歓待ぶりだ。

なんとはなしに醸し出されるアットホームな空気。以前は、杜野もこの店の客の一人だったに違いない。自然とそう思わされた。

杜野が本当に客に『近づくな』と伝えていたと知ったのは、忙しさのピークも過ぎ、空いたテーブルも目立ち始めてからだ。

フロアの中央のテーブルを片づけていると、テラス席にいた客がすっと近づき、隣のテーブルの椅子を引いて腰を下ろした。

気まぐれに移動したわけではないのは、無遠慮に向けられた眼差しで知れる。

「なにか?」

戸原は素っ気なく訊ねた。

「ん? 噂の新しいギャルソンくんを一等席で観ようと思って」

「……そうですか」

なんのご観覧だ。

相手にしないほうがいい。そう判断したのは、客があの紅一点モドキの女装男だからだ。

胸元の開いた真っ赤なニットに、フェイクレザーと思しきタイトな黒のミニスカート。本物の女でも目立つ水っぽい派手さで、ウィッグのセミロングヘアでカバーした顔が化粧した男とくれば、もはや無視するのが困難な存在感だ。

「新入りさん、初めまして。アカネよ」

しれっと女名を名乗られ、戸原は目線が泳ぐ。

「初めまして……戸原です」

「いっちゃんに『半径三メートル以内に原則近づかないでくれ』って言われたんだけど、『原則』って破るためにあるような決まりごとよね～」

「いっちゃんって……」

一樹だから『いっちゃん』か。あだ名のインパクトに、つい反応してしまった。

杜野はテラスの客に捕まっており、こちらには気がついていないようだ。

お守り役が必要な子供でもない。戸原は水滴まみれのグラスを銀のトレーにまとめながら返した。

「原則は普通に守ったほうがいいんじゃないでしょうか」

「そう？　ねぇ、エプロンはわざわざ外しちゃったの？　もったいない。ギャルソンのあれってエロいと思わない？　腰回りぐるっと隠しているように見えて、お尻は隠れてないのがやらしいのよね。水着のパレオより倒錯的」

女装イコール下品……いや、変態と思われても構わないのか。

滑舌がしっかりしているだけの酔っ払いかと手元を見れば、カクテルグラス持参だった。逆円錐形（えんすいけい）のグラスの底にオリーブ。一つではなく二つ。残り少ない液体を見た目で判断するのは難しいものの、ダーティ・マティーニのようだ。漬け込んだオリーブの汁（ジュース）を使用しているので濁りがある。

――また王様（マティーニ）の悪戯（いたずら）か。

「変な目で見ないでください」

「それはミニスカートを穿（は）いておいて、『キャー見ないで』っていう女子みたいなもんね」

「エプロンはスカートじゃありませんから」

「ははん、なるほど、『三メートル』の意味が判（わか）ったわ。その白け切った眼差し。あなた、もしかしてホモフォビアちゃん？」

同性愛を嫌悪する人のことだ。

さすがにドキッとした。

異教徒であるのが炙（あぶ）り出されたかのように戸原は身を強張（こわば）らせるも、指摘したアカネは笑っていた。赤い口紅が大きな口を際立たせているだけに豪快に映る。

「嫌いじゃないわぁ、その目。お顔が良いだけに、冷ややかな表情がハマるっていうか。ああ、こう見えてMっ気があるのよ、私」

「本当にマゾの気がある人は、自分で大っぴらには言わないんじゃないですかね」

「それって自己紹介？　本当のところが言えないお顔してるものね、あなた。体裁が全力で気になっちゃうタイプ」

　――どこまで顔に出てるんだよ。そんなにいろいろ描けるか。

『占い師でもなれば？』と突っぱねたくなるのをグッとこらえ、腕を左右に大きく振って車のワイパーにでもなった気分でテーブルにダスターを走らせる。

　作業は終わったとばかりに重たいトレーを抱えて去ろうとして、戸原はふと振り返った。

「そういえば、訊いてみたいことがありました」

「どこまで工事済みかって質問なら、一律答えないようにしてるけど？」

「ち、違います。その服は似合う予定で選んでるんですか？　それとも、『人生一度きりだから楽しまなきゃ』ですか？　シンプルではダメな理由はなんですか？」

　空気がそれこそ半径三メートルくらいフリーズした。

　どうしてそんな質問をしたくなったのか。

「『みんなと一緒』がベターな人には判らないかもね。どうして気になるの？　他人がどんななりしてたって、興味がなければどうだっていいでしょ」

　これ見よがしにミニスカートの足を組み直した男は、口紅のついたグラスを傾けつつ挑発的に言った。

「私も訊いてみたくなったわ。ホモフォビアってね、強過ぎる関心の裏返しって説があるんだけどどう思う?」

怒りに任せた根拠のない皮肉にしては、憐れむような眼差しが戸原をしっかりと捉える。

「あなた、本当にゲイがお嫌い?」

早くカウンターに戻りたかった。逃げたと思われるのは嫌で、その場にじっと留まるも、抱えたままのグラスのトレーは急に重たく感じられた。

「そうですね。蜘蛛の脱皮のほうがマシだって思うくらいには嫌いです」


バーカウンターの中は、どの店であろうと心が落ち着く。見慣れたボトルやグラスに囲まれるのもあるけれど、四方をほぼ囲まれた環境は砦のようでもある。

出ようなんて思わなければ、籠城する分には不便もない。

——あと一つ。

戸原は最後と決めたシャンパングラスに手を伸ばした。

クロスに磨かれた棚のグラスは、もう二段に渡って輝きを増している。棚は両手をいっぱいに広げても足りない長さで、結構な数だ。

店名を表したかのような曇ったグラスが気になり、磨き始めると止まらなくなった。あくまで、戸原の基準では輝きが足りていないというだけだけれど。

閉店時間はとうに過ぎている。ようやく区切りがついたものの、店にはもうほかの従業員の姿はなかった。

「おつかれ」

カウンターを出ようとすると、端の席でパソコンを開いた男が画面を見据えたまま声をかけてくる。

「ああ……杜野は帰らないのか？」

「臨時で入ったおまえが残ってるのに、俺が先に帰るわけにもいかないだろ」

「待たせてたのか？　悪い」

杜野は首を振った。

「いや、まだこっちの入力も残ってるから」

「店の事務作業って、店長がやるのかと思ってた」

「人が足りないからな。大矢さんも休みが足りてないし、今日は帰ってもらった」

「ふうん」と相槌を軽く打ちつつも、戸原はカウンター越しに杜野をじっと見た。

閉店した店内はバーカウンター以外の明かりは落ちている。頭上の赤いガラスシェードのペンダントライトだけのため、男の顔は疲れているようにも見えた。

「戸原、帰るんじゃなかったのか？」

「ああ、うんまぁ……」

奥へ戻った戸原はリキュールの赤いボトルを手に取った。勝手知った『9』と違い、ハチミツを探すのに手間取ってしまったけれど、材料さえ揃えばお茶でも淹れるようにカクテルは作れる。

「ホットカンパリ。度数は低いから仕事の妨げにはならないはずだ」

湯気の仄かに上がる耐熱のグラスを出せば、杜野は目を瞠らせた。

カンパリと言えばソーダやフルーツジュースで割るのが定番だが、ホットは体も温まるし疲れが癒える。

「腹に沁みる。温かいカンパリも美味いもんだな、ありがとう」

グラスに口をつけ、一口飲んだ男は黒い眸を細めた。改まった礼を言われた戸原は途端に落ち着かない思いに駆られる。

「勝手に作っただけだし、この店の材料は全部おまえのものだろ。オーナーなんだから」

「まぁ、一応そういうことになるか。借金して買った店だけどな」

「借金って、大丈夫なのか?」

「まぁ身内からだから利息は格安だ。だが、返せないとなると身を売る必要が出てくるかもな」

「売るって……それ、本当に身内かよ」

杜野は苦笑する。冗談ではなさそうだけれど、詳しい説明をするつもりはないらしい。黙ってグラスを傾け、温かなカンパリを喉へと流し込む。

頭上の明かりをグラスの縁が反射し、柄を握る男の長い指が目に留まった。それだけのことに、戸原の鼓動は軽く乱れる。

過剰なスキンシップを見せつけてくる客にあてられでもしたのか。やけに意識してしまう。杜野の爪先まで整えられた綺麗な指は、グラスを握ったりパソコンのキーボードを打つためではなく、触れるための指に見える。

――誰かに。

高校を卒業して十年あまり。変わらず口の上手くないマイペースな男であったとしても、杜野のルックスならば夜の相手に困ることもないだろう。

どんな風に触れるのか。

この手はどんな風に他人に触れ、肌の上を悪戯に動くのか。

一瞬でもそんな考えが過ぎれば平静さは失われる。鼓動だけでなく、体温までもが上昇した気がして、戸原は無意識に首元に手をやった。

ボタンを一つ開いていたシャツの襟元に指をかけ、仰ぐように動かせば、杜野の視線が吸い寄せられた気がした。

緩めるネクタイもない白シャツながら、手島の言葉を思い出す。

白い喉元を凝視するかのような眼差し。『まさかこれが誘惑になるはずがない』と過剰な自意識を諫めようとするも、戸原の目はフラフラと泳いだ。

視線だけでもおかしくなるのに、あの指で触れられたらと考えればぞっとする。嫌悪感にしては、寒気というよりもむしろ熱が上がるときのような肌のざわめき。

「戸原」

「あ……」

呼びかけられただけで、ビクリとなった。

昔と違い、無言の間には堪えられそうもない。

「け、けど、おまえがバーをやるなんてな」

「意外か？」

「そりゃあ……高校のときは、どっかのレストランの息子だって噂に聞いてたし。それがゲイバーに変わるなんて思うか？　まぁ飲食業には違いないけどさ」

間を埋めようとするあまり、憎まれ口のようになってしまった。

貶すつもりはなかった。どういう経緯か知らないけれど、ゲイバーだろうと二十代で店を持つのは大したものだ。

心の内では素直に感心しているにもかかわらず、言葉にすると捻くれてしまう。

「杜野、なんで店を……」

「変わらないな」

「え？」

「戸原は同性愛には厳しい。でも、それはおまえの本心なのか？　蜘蛛と比較しなきゃならんほど、ゲイもこの店も……俺も嫌か？」

初対面のアカネに言われた言葉を、そっくりそのまま杜野にも突きつけられそうな予感がした。

「よく思い返してたよ。戸原の本音は、どこにあったんだろうって。再会することがあれば判るのかと思ったが、未だに判らん」

かつての友人は隔たれたカウンターの向こうで苦笑いし、その声は波のように戸原を打つ。

「なんでこの店で働こうと思った？」

「それは……昼は普通のカフェ営業みたいだったから、俺にもできるかなって」

自分の意志ではない。手島に命じられたからだ。バイトで店に潜り込んだだけで、それ以上なにも為してはいないけれど。

手島の求めにも応えず、確かに自分はなんのためにこの店にいるのだろう。

今まで正面から考えるのを避けていた気がする。

使った道具を洗って片づけつつ、シンクに顔を落とした戸原は、水分の抜け切ったライムでも必死で絞るような声を発した。

「……杜野、おまえこそ俺が嫌なら『ごめん』って一言言えよ。言ってくれたら、いつでもすぐに辞めてやるから」

「なんだそれは？」

「ははっ、おまえの『ごめんなさい』には百万の価値がある」

「意味が判らん」

呆れる男に、戸原はただぎこちない笑いを零した。

『9』にいるときの自分は、バーカウンターの魔法にでも助けられているのかもしれない。一度外に出れば、客を前にしているときのような口当たりのいい言葉はなかなか出ない。

「言えんな。今すぐに辞められても困る。おまえがウェイターをやってくれてこっちは助かってるんだ」

戸原から視線を外し、パソコンに戻した男は「それに」と続けた。

「だいたい、謝るならおまえのほうだろう。どちらかというとな」

低いけれど穏やかな声。激しい熱は感じられないながらも思った。

杜野も昔のことを覚えている。十年、日常というふるいで揺らし続けても残った歪な石みたいに、忘れてはいない。

「多数決で一番多かったのが、おまえなんだよな」

昼休みの終わり際のクラスメイトの突然の話に、戸原は判りやすく眉を顰めた。

身長はだいぶ伸びたけれど、高校一年の終わりになっても戸原は童顔のままだった。中性的に整った顔立ち。おかげで『クラスで誰なら抱けるか』などという果てしなく低俗なアンケートで一位に輝いてしまった。

「あ、そう」

喜ぶわけがない。どうせ仲間内数人の答えだろうと思いきや、ご丁寧にクラスのほぼ全員に訊いて回った結果だと知り、戸原の顔はますます引き攣った。

教師以外女っ気なしの高校では、実際にそっちに走る生徒もいた。男子校という不自然な世界では、動植物が性転換するように、一部が女子化しても仕方のないことなのか。

自発的に変化したならともかく、ルックスによるイメージの押しつけはゴメンだ。

「ちなみに俺も戸原に一票入れといたから。どうよ次の日曜日、俺とデートしてみるってのは……」

「やめろよ、気持ち悪い」

背後から回された手を払い落とした戸原は、嫌悪感も露わに睨みつけた。軽い冗談のつもりだったに違いないクラスメイトは、途端にムッと表情を強張らせ、「なんだよ、ノリ悪いな」と吐き捨てた。

「杜野とは放課後べったりのくせして。あいつとデキてんのか？」

「そんなわけないだろ。バカなこと……」

「どうだか、あいつアンケートに答えなかったぞ。案外、本気でおまえに惚れてるんだったりして？」

からかうことで、冗談でも拒否された憂さ晴らしをしたのかもしれない。戸原は「くだらないからだろ」と突っぱね、その場はそれきりだった。

上手く受け流していれば、悪趣味な冗談で終わったに違いない。後悔するとは、そのときは少しも考えてはいなかった。

終業式の数日前、戸原は机にそれを見つけた。

放課後、保健委員の仕事で行った保健室から戻ったときだ。教室にはもう生徒はほとんど残っておらず、戸原も帰り支度を急ごうと手を突っ込んで気づいた。

覚えのない硬い紙の感触。指先に触れたのが封筒の縁だったからか、取り出す前から手紙だと感づいていた気がする。

薄いブルーの封筒に宛名はなく、中の無地の便箋には書かれていた。

『戸原へ』

差出人は杜野だ。

『話がある。迷ったけど、やっぱり二年になる前に伝えておきたい。

俺はおまえが好きだ。こないだ、高橋たちにきかれて気づいた。

放課後、待ってる。いつもの図書室は人が来るだろうから、資料室にいる。

おまえが来るまで、待ってるから』

短い手紙ながら、待ち合わせをしてまで伝えたい内容はすでに文中に書かれていた。

当然、嘘だろうと疑った。

誰かの悪戯じゃないかと。今時、教室の机にラブレターなんて、そんな古臭いことをする人間は共学の女子にだっているわけがない。

そう思った瞬間から、考えは見事にひっくり返った。

いつかの帰り道の会話を、戸原は覚えていた。

手書きの手紙が欲しいなんて言ったのは自分で、それを聞かされ、知っているのは杜野しかいなかった。

筆跡は似ている。ラブレターにしてはロマンティックからほど遠い、ぶっきらぼうな言葉遣いも、「もしや」という目で見れば、いかにも杜野らしいとさえ感じられた。

『手紙見た』

確かめようと、携帯でメールを送った。

なんと送っていいか判らず、あからさまに疑うのも悪いかと短いメール。

返事はなかった。時間はいつもよりだいぶ遅く、杜野はもう諦めて帰ろうとしているのかもしれない。

勝手に足が動き出した。帰ってしまうと思うと、途端に焦りが生まれた。『諦めてくれてちょうどいい』なんて考えは微塵も浮かばず、来ないのが自分の返事だなんて決めつけられてしまうのが、なにより怖かった。

ドキドキした。

手紙だけを握り締めて廊下を急ぐ戸原の体の内では、心臓がドラムのようにうるさく鳴った。急ぐほどに息が上がって、クライマックスを盛り上げる音楽のように鼓動は高まる。

息苦しさだけでない、小さな煌めきのようなものがその中にあった。

「……杜野？」

資料室は用事がなければ誰も入らない。普段閉めきっているせいか埃っぽく感じられる部屋は無人で、杜野の姿はなかった。

そもそも図書室と違い、座って待つスペースもない。教室の半分もない大きさの部屋に背の高いスチール棚が並び、古い蔵書やガラクタしか入っていなさそうなダンボールが詰まっている。

金ピカにしては曇ったトロフィーが、幾本も無造作に刺さった箱もあった。下がった色褪せた赤いリボンが空気の流れに微かに揺れ、ハッとなって目を向けると制服の男が飛び出してきた。

「ジャジャーン！」

馬鹿みたいに満面の笑みで。

一人ではなく、二人、三人と。

「杜野じゃなくてごめんな〜、苑生くん、びっくりした？」

アンケートのことでからかってきた、クラスメイト三人だった。

「……なに考えてんだよ、おまえら」

低い声が出た。またしてもからかわれたのは火を見るより明らかで、手紙は手の込んだ悪戯なのが確定した。

「怒るほどがっかりしちゃった？」

「もう待ちくたびれたよ〜ここ、狭すぎ。変な格好で屈んでたから、腰やばいわ」

「俺も俺も」

悪質な悪戯は苛めにも発展しかねない。怯んだ顔でも見せればなにが起きたか判らなかったけれど、戸原の口からはこれまで人に向けたこともない低い声が出た。

「……気持ち悪いんだよ」

酷く不快だった。

不愉快なのは騙されたからではなく、覚えた感情のせいだ。高橋の言うとおり、手紙が偽物だったと知って落胆している自分がいた。

あってはならない感情。見知らぬ得体の知れないなにかが、自分の中に住みついてしまったかのような怖さ。

先程まで感じていた、小さな輝きの正体がなにかを戸原は悟った。

「……んなわけあるかよ、冗談じゃない。ふざけんなっ！」

吐き捨てながら沈んだ視線は、手元の薄いブルーの封筒を捉えていた。

迷わずビリッと二つに裂いた。

「おいおい、本物だったらどうするんだよ」

この期に及んで、まだ言うつもりかと、黒い気持ちばかりが膨れ上がった。

「知るかよ」

戸原はなおも引き裂いた。

手の中にあるものが、ただの紙ではなくすべてを一瞬にして吹き飛ばす爆弾であるかのように恐れた。

こんなものが在ってはならない。消してしまわなければ、なかったことにしなければ。そうしなければ世界が終わる——とでもいうほどの猛烈な勢いで、戸原は手紙を必死で破り続けた。

「男に興味なんてあるか。ホモとか超絶気持ち悪いに決まってんだろうがっ！　人のこと変な目で見やがってっ！　てめぇらみんな同類かよ、滅亡しろよっ！　消えろっ、消えろっ！」

偽物の手紙だろうと、植物に水でもやるみたいに命を吹き込まれた感情。

生まれたものを消し去りたくて、否定したくて、ほかに方法が見つからずにこれ以上裂けないというほど小さくなった紙をなおも破る作業に没頭した。

自分の中の暗い淀みが、煌めきを飲み込み凌駕した。黒く塗り潰し、泥の中へと沈め、二度と浮き上がることのないようにと呪った。

「と、戸原……わ、判ったから……俺らが悪かったって、なっ？」

いつの間にか怯えた声を上げ始めたクラスメイトを冷ややかに一瞥し、戸原は部屋を出た。

力任せの作業に真っ赤になった指が震え、ぎゅっと拳に変えて教室に向かおうとして、引き戸の傍らに立ち尽くす男の姿に初めて気がついた。

「杜野……」

そこで聞いていたのだと、目が合った瞬間に理解した。図書室は隣で、杜野が偶然話を耳にしても不思議はなかった。

強張る表情はお互いさまだった。どんなフォローができていたなら今までどおりにいられたのかは、後からいくら考えても判らなかった。

『おまえからじゃなくて残念だわ』とでも、軽口を叩けたらよかったのか。

言えるわけがない。一瞬でも本当になってしまったからこそなにも言えず、戸原は冷たく凍りついたままの顔を杜野に向けた。

嘘の手紙一つで、関係は変わった。

小さな躓き。小枝の引っかかりから、川の流れが堆積物に堰き止められていくように、僅かなズレが生み出したぎこちなさは堪えがたいほどの軋みに変わった。

杜野はなに一つ悪くない。ただ、親の期待を損なわず、普通の高校生でありたいだけの戸原には受け入れられなかった。

静かな図書室で傍にいるのは堪えがたく、足が遠退くうちに距離は開いた。元々、放課後の図書室が生んだような薄い繋がりだった。

二年の一学期も終わる頃には、杜野とはたまに短い言葉を交わす程度の仲に戻った。

入学してすぐの頃の、波も風もない無難な関係。

杜野が隣のクラスの図書委員の男と付き合っているらしいと聞いたのは、夏休みの終わりに行ったカラオケボックスだった。絶句した戸原の代わりのように、隣にいた女の子が「えー、それってボーイズラブってこと⁉」と流行りだか知らない単語を使って騒いだ。

二年になって親しくなった、近くの女子高の生徒だった。彼女たちと塾で繋がりのあるクラスメイトが、戸原も遊びに誘ってくれたのをきっかけに女友達が増えた。

身長も一段と伸び、ルックスのいい戸原はよくモテるようになった。告白されたのも、デートに誘われたのも、その頃が初めてだった。髪の長い子も、ショートカットの子も、戸原は誰一人として拒もうとはせずに愛想を振り撒いた。

女の子は可愛い。女の子は綺麗。呪文でも唱えるようにいつも思った。

杜野と図書委員の男のことを知ったのは、彼女たちの一人と初めてのキスをすませた数日後だった。

図書委員なんて数いる中、その生徒を戸原はよく覚えていた。部活でもないのに、いつも受付カウンターにいて、最初は真面目な生徒なのだとばかり思っていた。小動物めいた雰囲気の男だ。人畜無害そうなのに、杜野を始終見つめる眼差しに戸原は次第に嫌な気分にさせられていった。

あれは警戒心や嫉妬だったのか。

杜野の隣にあの男がいるかと思うと、いても立ってもいられない気持ちに駆られた。けれど、一方的に距離を置いた自分にその資格はなく、あったところで口を出す勇気もなかった。

時間は、掛け違えたシャツのボタンのようにはやり直しがきかない。

ただ事実だけが変わらずにあった。

どこまでもどこまでも。

始まった二学期は淡々と過ぎていき、どんなに浮かない気分だろうと口角を上げれば笑顔は作れる。変わるよりも、変わらない自分でいるほうがまだ簡単だった。

クリスマス前、戸原は何度か二人で遊んだ女の子の家に招かれた。

『家族が泊まりで出かけてて、誰もいないから淋(さび)しい』と意味深なのか言い訳なのか判らない言葉で誘われた部屋。

すべてを承知の上で、戸原は遊びに行った。

やっと、理想の自分になれると思った。

川が流れている。

ヘッドライトやテールライト、エンジンの唸る声とロードノイズで構成された川だ。暗いアスファルトの上を、光を放ちながら進む冷えた金属の流れ。

大して大きくも深くもない川だけれど、不意に飛び込めば命を落としかねない。

水際に近づくこともない戸原は、今夜も歩道のズレた看板を直しつつ、あちら側に目を奪われるだけだ。向こう岸の店の放つ琥珀色の光は、こちらまで照らすほどの強さはないのに目を細めずにはいられない。

強いのはいつも、テラスに集う客たちの放つ眩しさだった。

社会的な少数者であることを恐れず受け入れ、あるがままに生きる者たちの輝き。とうに障害を乗り越えた彼らは、酒を楽しむただの酔っ払いでしかないのだろうけれど、戸原は目を奪われずにはいられない。

痛いほどにコンプレックスを刺激されるのを、罰であるかのように感じた。

「なにやってんの？」

不意に背後から声をかけられ振り返る。

手島だった。

――もうそんな時間か。

「いらっしゃいませ」

軽く驚かされたにもかかわらず、まだ醒めない夢の中にでもいるように、戸原はふわふわとした足取りで店へと戻った。

寝不足のせいかもしれない。体は疲れているはずなのに、このところ寝つきが悪く、ついに高校時代のことまで夢に見た。断片的だけれど、元が現実に起こった出来事だから思い出すのは容易だった。

店の前で不審に突っ立っていた戸原をどう思ったか、カウンター席に着くやいなや、手島は皮肉を言った。

「いいねぇ、バーテンさんは自由で。こっちはこの時間までデスクに縛りつけられてたってのに」

「残業ですか？　お疲れさまです」

「お、おう」

するりと返した言葉は微笑みをデコレーションし忘れた代わりに、極自然な反応だった。

やや戸惑った顔の手島には気づかぬ素振りで、戸原は続けた。

「僕は昔は会社員に憧れてましたよ。スーツ着てバリバリ働くって、いかにも大人の男って感じだし」

「相変わらず調子いいな、あんた。なりたいならなればよかったろ、会社員くらい」

「受験に失敗しましたからね」

「え……」

「冗談です」

一瞬の沈黙、たちまちムッとした男は、声まで尖らせた。

「……それ、なにが面白くて言ったわけ？」

「すみません。でも、普通に思える職業も、必ずしも誰もがなれるわけじゃありませんから。誰かの理想かもしれませんよ？」

「それは……まぁそうかもだけど」

納得はしても機嫌は戻らない様子の男は、アルコールを欲して「とりあえずマティーニ！」と高らかにオーダーした。今夜ばかりは、責任は戸原にある。

「いらっしゃいませ、浅井さん」

女性客の浅井が来店したのは、手島が飲み始めてだいぶ経った頃だ。

「苑生く～ん、こんばんは～」

いつもより遅い時間だと思えば、すでにでき上がっていた。

「マンハッタンで構いませんか？」

「もう飲んできたから、ベリーニで」

　間違ってもとりあえずでマティーニを頼んだりしないのは、バー通いが趣味の彼女らしい。最後の一杯に決まりなどないけれど、彼女は軽めのフルーティな酒で締める。

「ふふっ、さっきね、仕事で使ったバーで『9』のお客に偶然会ったの」

「そうなんですか。どなたです？」

　彼女が声をかけるくらいだから、よく来る常連だろうと想像した。何気ない問いの返事に、まさかぎょっとさせられるとは思わない。

「苑生くんに弄ばれたって言ってたわよ～」

「えっ……」

　二つ隣の席の手島が、判りやすく身を乗り出す素振りを見せた。

「返事ばっかり調子よくて、誘っても全然～。お店の外で会ったことのある子なんていないんじゃないの～って」

『弄ぶ』という単語のイメージからはほど遠い、むしろ真逆の答えだ。

「僕にとっては大切な方々ですから、つい行動も慎重になってしまいます。かけがえのない人の前では、男は臆病になるものですよ」

「また、お利口さんな返事ね。どうりで私のカクテルも飲みに来てくれないわけだわ～納得」

　一軒目の店では随分飲んだのかもしれない。かつてない絡み酒だ。

バーでの戸原の会話は、リップサービスが基本だ。話を合わせることはあっても、実際に店外で誰かと会ったりはしない。

「えっ、前に『お店終わったら部屋来てよ～』『ぜひぜひ』ってやってたのはっ？」

手島の投げかけた無粋な質問は、浅井にも見事に黙殺された。

無視されたショックなのか、その後の手島はやけに大人しかった。カウンター越しの戸原の顔を見つめては、首を捻ってみたり。結局、例のアレの進捗状況も確認しないまま、ちびちびと飲んで帰って行った。

店はいつもどおりの深夜に閉店時間を迎え、戸原は同僚らと共に出る。無人の歩道を舞う枯葉の音すら寒々しい時刻、店の傍には出待ちのように若い女性が立っていた。

ホスト紛(まが)いの接客の以崎が目当ての客だ。まさか付き合い始めたわけではないだろう。

先週見かけた女性と違った。親密そうに歩く二人から距離を置き、戸原は薄すぎたコートの前を掻(か)き合わせつつ家路を急ぐ。

帰って寝るだけのワンルームの賃貸マンションは徒歩圏内だ。途中まで同僚らと道が同じでも、会話らしい会話もないので最初から一人でいるのと変わりない。

客と節度のない関わりを持つ男に呆れつつも、本当は羨ましいのかもしれなかった。

気ままな一人暮らしというより、現実は侘(わび)しい独り暮らし。恋人は作らないのではなく、作れないだけだ。どんな誘いを受けても、戸原は客の期待に応えることはできない。

戸原は女性を抱けない。

結局、理想の自分にはなれず宙ぶらりんなままだった。

高校二年生のとき、誘われて泊まるつもりで行った女友達の部屋で、それを思い知らされた。

ショックで頭を真っ白にして、逃げるように家に帰ったあの夜。

気の優しい女の子で、笑うよりも気遣われたのが尚更惨めで恥ずかしかった。『誰にも言わないでほしい』と懇願した自分を、叩き潰して粉々にしてトイレに流してしまいたいと思った。

なにかのせいにするのは好きではないけれど、受験にも少なからず影響した。やり直しなんて本当はいくらでもできたし、一浪してでも希望の大学を目指し、自信を取り戻すべきだったのだろう。兄のような憧れの会社員になるために。

ショックで逃げることしか考えていなかった。家を出るためにフリーターで働きまくって、行き着いた職が今のバーテンダーだ。

きっかけはどうあれ、仕事自体は気に入っている。

しかし、どんな仕事も慣れてしまえばそうであるように、刺激的とは言いがたい毎日だ。家に帰って羽目を外すようなこともない。

酒は揃えているけれど、カクテルレシピの確認のためで、家ではさほど飲まない。人目のある外と違い、一人では理性の箍も外れやすく、感情や欲望のままに行動しそうになるのが嫌だった。

喜怒哀楽のコントラストが強くなるのを避け、寝酒の一杯も控えていた。我ながら、品行方正な生活ぶりだ。実家を離れても、家族と疎遠になっても、変わらず一人でもシーソーに乗っかっている。

バランスを取ろうと右へ左へ。理想的な自分であるのを、この期に及んでまだ諦めきれていない。

寝る前はベッドでスマホを手にする。他愛もない動画を見て、安らかで清らかな心を保ち、眠りにつくのが今や日々の習慣だ。

杜野と再会してから、その傾向は強くなった。

今晩も変わらず繰り返す。

「やっぱり寝る前はハムスターがニンジン食べる動画に限るな」

タランチュラの脱皮も効果は絶大だったけれど、安らかな眠りへ誘われるには刺激が強すぎた。

輪切りのニンジンを両手で持ったハムスターは、とても幸せそうだ。飼い主がケージの空から降らせたニンジンを受け止め、ミニチュアのベッドでふわふわの布団に包まり、美味しそうに好物を齧(かじ)っている。

雨の日の『クラウディ』は、賑わいが増して見える。

テラス席を閉鎖するため、客は屋内に集中するからだ。

「はいはい、そこっ、三メートル離れて！」

境界線でも引くように身振り手振りでアカネが割り込むと、激しいブーイングの声が上がった。

戸原がテーブルにグラスを運びつつ、振られた会話に応えていたときだ。

「なにすんだよ、アカネ。この店の広さで三メートル離れるとか現実的じゃないだろ」

「はいはい、文句はいっちゃんに言ってね」

格闘技でも趣味にしていそうなガタイの男たち相手にも怯まず、ブラウスの大きなリボンをひらひらさせる男は答える。

怯んだのは戸原のほうだ。バイトの体調不良で再び手伝うことになった夜。だいぶ空気に慣れたとはいえ、箱入り娘のような扱いは落ち着かない。

「まぁ……気にしないでください。そもそもオーダーのとき以外って話なわけで」

「なるほど、注文すればいいわけか」

「じゃあ、レッドブレストのロックを……ダブルで」

「俺はバラライカ」

「生ビール、追加で」

「かしこまりました」

応じる戸原はオーダーを復唱し、再び他愛もない会話に加わった。

杜野が設けたルールで、どうやら毛色の違うノンケのバイトとして好奇の的になってしまったものの、大した害もない。オーダーが増えるのなら安いものだ。

ただの急場凌ぎのバイト、売上まで心配する義理もないのについ計算した。

「つまんない。なんか……ツルツルの氷みたいになっちゃって」

自分のテーブルへと戻ったアカネは、戸原が傍を通りかかると聞こえよがしに言った。

ロックグラスの中の氷を、派手なネイルも抜かりのない指でクルクルと回す。丸くなったと言いたいのだろう。

「お客さんが男ばかりってのは、かえって楽かもしれません」

「どう言う意味？」

「俺はそう言う意味じゃ、興味持たれるタイプじゃないみたいだし」

こちらの世界でモテるのは、おそらく杜野のようなタイプだ。店に集まる客も、やけに二の腕を見せたがるファッションだったりと、男らしさのアピールに余念がない。

「それ、本気で言ってる？　まぁ、思うのは勝手だけど」

アカネはこちらを見上げ、溜め息をついた。

「三メートルのお兄さん、こっち！」

呼ばれた戸原は、「はーい」とテーブルへ向かう。変なあだ名と言い、不本意極まりないバイトながら、気楽な面があるのも確かだ。

今でもゲイは好きじゃない。

認められたいとも好かれたいとも思わないでいられる場所は、楽に呼吸ができる。コンプレックスも、自らその存在を認めてしまえば息苦しさから解放される気がした。

ここは穏やかだ。騒がしくもどこかアットホームな空気さえ感じられるのは、まったくの他人であっても同好という繋がりが根底にあるからなのか。

平穏が損なわれたのは、杜野が現れてからだ。

時間は遅く、アカネたちとも入れ替わりの十時頃だった。戸原はオーダーを取りに行くも、無駄口を交わすことはなかった。

杜野には、スーツの連れの男がいた。

珍しい。この店で見るスーツも、杜野の連れも。インテリっぽい眼鏡の印象的な、いくらか年上に見える男だった。

昼に杜野がよく座る窓際の奥のテーブルで、二人は向かい合い酒を飲んでいる。

最初こそ書類のようなものを見せ合い、こんな時間に仕事なのかと匂わされたけれど、今は『クラウディ』自慢のスモークチキンをツマミに、楽しげにグラスを傾ける仲だ。

気を許した男なのは、遠目にも判った。話は聞き役に回ることの多い杜野ながら、親しくなると会話中テーブルに身を乗り出し気味になる。

二人掛けの小さな席だけに、顔を近づけるような距離感だ。

「気になる?」

不意に傍らから声をかけられ、戸原はハッとなった。空席とばかり思っていた壁際のテーブルに、いつの間にか男が一人いた。

この店にしては、随分スマートな空気感の男だ。タートルネックのボルドー色のニットに、グレーのウールパンツ。テーブルの下からはみ出た足は長身を示していた。

「あの……」

「君、やけに彼を見てるから。この店じゃ『オーナーの動向は逐一気にかけてあげないとならない』なんて決まりでもあるの?」

「いや、そんなまさか」

「冗談だよ。僕は貴之(たかゆき)。クラウディを贔屓(ひいき)にしてる客の一人」

自ら自己紹介を始める男は珍しい。しかも、何故(なぜ)か姓ではなく名前。それこそ、こっちの世界の決まりでもあるのかと問いたくなる。

「君は?」

「戸原です」

男はじっと戸原を見つめた。期待に応えなければ逸(そ)らさないとでもいうような、強い眼差しだ。思わずつけ加える。

「そ、苑生です。戸原苑生」

「苑生くんか、綺麗な名前だね。三メートルくんなんて呼ばれるよりずっといいんじゃない？　君、すっかり有名だよ」

　チラと男は窓際へも視線を送った。

「オーナーと同伴の彼も、結構有名かな」

「えっ、ご存知なんですか？」

「ここに座ってくれたら、『ご存知』になるかもしれないね」

　ポンと赤いレザーシートを叩かれ、戸原は一瞬身を竦ませた。壁際の席は作りつけになっており、長椅子なので必然的に並んで座ることになる。

「聞きたいんでしょ、彼とオーナーのこと」

「まぁ……」

　気乗りのしなさそうな鈍い反応を零したわりに、戸原はすんなりと腰を下ろしてしまっていた。

「共同出資者なんて噂はあるね」

「共同出資？　あの人がですか？」

「この店、それほど大きいわけじゃないけど、立地もそう悪くないしねぇ。スタンドのカフェを持つのとはわけが違うよ。一樹くんが一人で買ったと思うほうが、無理があるんじゃないかな」

確かに、二十代でバーのオーナーは驚かされた。借金についても、身内という以外に杜野は詳しく語ろうとはしなかった。

「あの方の素性を知ってるわけじゃないんですか？」

しばらく聞いてみても、男の話は噂の域を出ない。

「逆に、君はどうしてそんなに知りたいの？　一樹くんとはどういう関係？」

「ただのバイトです、僕は。昔……同級生だったってのはありますけど」

「へぇ、助言させてもらうと、いつまでも昔のままだなんて思わないことだよ。人は良くも悪くも成長する。口下手そうに見えて、彼もあの若さで店を回せるくらいには強かってこと」

「強かって、そんな……」

高校時代も友人だったとは言えない形で別れておきながら、杜野に限ってという思いに駆られる。

『まさか』と口を開きかけ、続いた男の言葉に思考は停止した。

「眼鏡の彼だけじゃないよ？　一樹くんの親しい客は、ほかにも見かける。スーツがお好みなんて言われてたりね」

迷いのない眼差しで告げられると、杜野に対してはフラフラとしか言いようのない戸原は弱い。

男は戸原を見つめたまま、タートルのニットの首元を引っ張るようにして煽いだ。

「なんだか暑いな。テラスを閉めてるせいか、空気が籠ってるね。湿度も高い」

「あ……はい」

言われるとエアコンも効き過ぎ、暑いような気がしてきた。息苦しくも感じる。男に倣い首元に手をやった戸原は、白いシャツの襟元を揺らす。

ボタンを一つ外したシャツ。あろうことかまた手島の提案した誘惑行為をなぞってしまい、男の視線も吸い寄せられた。

極自然に膝に置かれた手にぎょっとなる。

「もっ、もう行かないと……」

「行かないで」

「え……」

「君のためなら百のオーダーでもするよ。それで行かないでくれるかな？」

「百はさすがにちょっと……」

「じゃあ、千？」

「ちょっと…っ……」

加速する数字にまごつく暇もなく、雪崩でも起こしたみたいに膝の手がするっと腿のほうまで滑り込んだ。

払い除けようとしたところで、窓際席からの視線を感じた。こちらのことなど一ミリも気にかけた様子のなかった杜野が、計ったようなタイミングで自分を見ていた。

正確には、自分と隣の男のやりとりか。

「仕事に戻ります」

眼差しに冷やりとなり、戸原はようやく立ち上がった。


「どういうつもりだ？」

あと一つ——が妨げになって帰りそびれた。

閉店後の『クラウディ』に残ったのは、気づけば今夜も戸原と杜野だけだ。

ほかの店員らと一緒に店を後にするはずが、棚のグラスがまたしても気になった。先週の続きで磨き始めたところ、ほかにはカウンター席の杜野の姿だけになっていた。

「どうって……」

責められる予感はあった気がする。杜野の傍らのノートパソコンは閉じられたままだ。

「あの客だ。おまえが不愉快な思いをしないですむように、アカネさんにまで頼んでおいたってのに」

ややバツが悪そうに告げられ、熱心に割り込んでいたアカネを思い出す。

「おまえの指示だったのか。てか、なんであの人に……」

「親しくなったんだろ？　おまえと仲良くなったって聞いたぞ」

「ちょっと喋（しゃべ）っただけだ」

仲良くとは、嫌みを言い合って一触即発の空気を醸し出すことじゃないだろう。

「そうか。まぁ、アカネさんならおまえに変な真似（まね）はしないだろうからな」

「尻がエロく見えるからギャルソンエプロンを外すなって言われたけど」

杜野の目に動揺が垣間（かいま）見えた。アカネが人格者にでも映っていたのか。

「アカネさんのことはいい。どういうつもりなんだ？　ルールまで作ってやったってのに、おまえから客に近づいたんじゃ意味ないだろう」

「進んでってわけじゃ……」

「俺は見たぞ」

隣に座った事実に言い訳などできない。

杜野と連れの関係を釣り餌（え）に、うっかり乗せられてしまったなどとは、口が裂けても言えなかった。

「ちょっと……世間話をしただけだ」

「隣にべったり座って、股に手を入れられてたか？　うちはそういうサービスはやってないんだが」

「ちがっ、あれはたまたま……避け損なったっていうか……そう、たまたま……」

『たまたま』を連呼する戸原は、余計に怪しくしどろもどろになる。

「高崎さんは心理カウンセラーなんだ。口が上手い。うちではだいたい大人しく飲んでくれてるが、本気出したら誰でも持ち帰るって話だ」

名字をようやく知った。しかも、ゲイ界隈では有名な人物のようだ。

杜野とは真逆のタイプに違いない。軽薄感が漂うも、カウンセラーと言われてもしっくりくる。初対面から懐にするっと手を入れてしまえるような男だった。

——懐どころか股に及んだわけで。

「ああいうのが、おまえの好みなのか」

「はっ？　そんなわけないだろ」

「ランク分けくらいはあるんじゃないのか。あの人ならイケそうとか」

「ランクってなんだよ……お、おまえ酔ってるのか？」

事務作業をまたするつもりなのだとばかり思っていたけれど、手元を覗けばロックグラスが握られていた。

考えてみれば、連れの男とも今夜は飲んでいる。

「あんまり飲むと帰れなくなるぞ。俺ももう上がる」

戸原もそろそろと思っていた。返事が聞こえないままカウンターを出ようとしたところ、杜野も席を立つ。

「杜野？」

進路を塞がれて戸惑った。

「ちょっと、どけよ」

押し返す素振りを見せれば、右手を捕らわれ体全体を押しやられる。

「いっ、痛い……なにやっててっ」

「悪い」

「悪いと思ってるなら放せよ」

男は判りやすく項垂（うなだ）れた。スーツの男がシュンとしたかのように、戸原の肩に額を預けてくる。

——やっぱり酔っ払いなのか？

「おまえがカミングアウトでもする気になったのかと思った。わざわざ俺に見せつけてくるから」

「見せつけるって……接客が平気になったってだけで、俺はべつにゲイじゃない」

声が尻すぼみになるのは、それが真実ではないと今は自覚しているからか。

「そうか、じゃあ今はさぞかし不快だろうな」

「……ああ、だから離れろって」

杜野を傍に感じるどころか、体温さえも伝わる。摑まれた手首も、額を軽く乗せられた肩も。カウンターと杜野に挟まれ、密着するほどに触れ合った体。身じろいだ男が頭を起こせば、すぐそこにかつて惚れた男の成長した顔がある。

そう、かつて——

「戸原、なんでおまえを雇おうと思ったかって、前に訊いたよな？」

「……俺が、接客慣れしてそう……だったからだろっ？」

大きく顔を背けるようにして戸原は言った。

正直、あのときは肩透かしの返事だった。

「確かめたいと思ってたからだ」

「え……？」

「俺は酒の飲める年になって、普通のバーもゲイバーも通うようになった。飲んでも顔色一つ変わらないって言われるが、そんなことはない。アルコールを飲めば、程度の差はあっても誰だって酔いが回る」

摑まれたままの手首はじわりと熱い。互いの平熱の差にしては、やけに火照りを感じる手のひらは、杜野が酩酊している証拠なのか。

「良くも悪くも、酔って初めて本音を語るヤツをたくさん見てきた。改めて、人はそうそう普

段から本心を晒して生きてるわけじゃないって思わされたよ。俺は普段からあんまり……裏も表も大して分け切れてないから、他人の心の機微ってやつに鈍かったのかもしれん」

「杜野……」

「おまえの本心はどこにある？」

軽く身構えたにもかかわらず、言葉にドキリとなった。

「あのときも、どこにあった？　って、先週も訊いたけどな。いいかげん答えたらどうだ」

「そんなこと……今更、あのときどうだったとか語ってどうする。十年も前のこと……結果がすべてだろ」

あのとき、自分の気持ちに素直になれなかった。自分を否定し、同性に恋をすることも否定し、突っぱねることによって道を選んだ。

通りの向こうから、羨んで後悔するだけの生き方を。

「結果？　そんなもので、人の気持ちは割り切れるもんじゃないだろう」

冷えたシニカルな笑いとは対照的に、熱を孕んだ男の体躯。僅かでも身を引こうとすれば追いかけてくる。逃げ場もないのに。

腰の高さのカウンターに阻まれ、戸原が逃れられるのは上半身だけだ。留まる体は狭間で押し潰され、強く触れ合わさる。

「も、杜野っ……」

戸原はふるっと頭を振った。

「おまえの答えを聞かせてくれ」

ひっとなって目を瞑ると、こめかみに指が触れた。指の背が、優しく掠めるように顔の輪郭を辿り、戸原は静かに息を飲む。

「戸原、俺は……おまえに触ってみたいと思ってた。こんな風に……何度も、何度も」

こめかみから顎へと這い下りる長い指。

「だから、同性愛なんて有り得ないおまえに、あのとき激しくキレられて悔やんだ。おまえに憎まれるのを感じて……あの言葉は、俺が全部言われたも同然だった」

「でも、手紙を書いたのはおまえじゃなかっただろう？」

「ああ、けど書こうとしたことはある。手紙が欲しいって、おまえが言ってたからな。おまえが欲しいのは女からだけだと思って止めた」

薄い水色の便箋だった。

小さく裂いて捨て去った手紙の内容を、未だに忘れられずにいる。どこかで灰や煙に変わったはずの、紛いものの手紙。杜野の文字や言葉遣いに似ているというだけで心に残った。

ぶっきらぼうでぎこちなく、けれどストレートに感じられた想い。

「あれがおまえの……」

杜野も同じ気持ちだったというのか。

問いは、最後まで言葉にならなかった。

「……ぁっ……」

軽く身をプレスされただけで、戸原は震えた。

「……杜野、違う」

「なにが違うんだ？　これのことか？」

微かに男は笑んだ気がするも、確認する余裕はなかった。

「杜野…っ……待っ……」

覆い被さってくる。指に代わってこめかみを掠めた唇に、戸原の白い肌は頬も耳も判りやすく紅潮した。

強く重なり合った腰を、否応なしに意識した。ギャルソンの黒い細身のパンツと、杜野のチャコールグレーのスーツのスラックス。衣類越しとは思えないほど、酷く淫らに互いが伝わってくる。

その熱も、形も。

「だっ、だめだっ……やめろ、おまえは酔ってるからこんな……」

「そうだ、酔ってる。だからこれは俺の本心以外の何物でもない」

「……ぁっ……ひぁ……」

もがくほどに男の分厚い腰を感じた。

片膝を捻じ込むようにして足を割られ、腿でじわりと中心を圧迫されると、弾けるような快感が走った。瞬く間に育ったものは衣類を内から突っ張らせ、無機質な布地の抵抗感すら刺激に変わる。

「……感じやすいんだな」

やや乾いた男の唇は、こめかみから耳朶へと移った。耳奥に直接吹き込まれた声に、戸原の身は一層ぐずつく。

「だって…っ……」

杜野の顔は見えなかった。『大人のくせに』と暗に揶揄られた気がするも、戸原の感覚は実際に子供の頃のままだ。

失敗した女の子との半端な経験すら、高校時代のカビの生えた古い記憶。

戸原は本当の快楽を一つも知らない。

「毎日、あっちの店の客を食い散らかしてるんじゃなかったのか」

「だ、誰がそんなっ……こと」

「『9』じゃ女性客のお持ち帰りが常態化してるって、噂に聞いてる」

どんな噂だと思うも、事実の面もある。まさか近隣の店の間で、街の風紀を乱すと問題視でもされているのか。

「俺は……してないっ……」

「だろうな。随分溜まってそうだ」

「あ…っ……」

急に圧迫感が失せた。解放されてホッとしたのも束の間、今度は大きな手のひらに膨らみを包み込まれる。

「ふっ……ぁ……」

黒いストイックなボトムの下を確かめるように、杜野の手は硬く張った中心をやんわりと擦った。

「もっ、杜野…っ……あっ、て……手っ、やめろ…っ……」

「戸原」

「やっ……ふっ、ぅ……」

淡い刺激にも、戸原のそれは手のひらを押し返す。

「……ヒクついてる」

耳朶に触れたままの唇が熱い。掠める吐息が、自らの淫らな体が、抑え込んできた欲望を解放させる。

「……だめ…だっ……杜野っ、ダメだから…っ、俺は……」

微かに響いた異質な音。ベルトに続いて一つきりのボタンを外され、身を竦ませた。ファスナーは音もなく下り、重く湿った下着が露わになる。グレーのボクサーショーツは色を変えていた。

もう、頭がおかしくなってしまうと思った。

「すごいな……こんなに」

「杜野…っ……」

「温かい、中でヒクヒクしてる」

「もう……頼むからっ、もう……やめてくれ…っ、そこ…っ……だめだ、触らなっ……ぁっ、やめ…っ……」

「いいのか？　本当にやめてしまっても？」

耳に軽く歯を立てられた。

「え……」

するっと杜野の手が引いてしまえば、立っているのも困難な有り様だけが浮き彫りになる。膝が激しくガクついていた。下着の中でそこがぬるぬるになっているのが判る。杜野の手に触れられる悦(よろこ)びに、ぐっしょりと濡(ぬ)れそぼるほどに感じている。

「はっ……」

吐息までもが勝手に零れた。肩で息をした拍子に、中心を杜野の手に擦りつけてしまい、恥ずかしく腰はくねった。制服の黒いパンツがずり落ちる。

「あ…っ……やっ……」

戸原は体裁を繕ってなどいられず、堪えがたい欲求のままに小刻みに腰を揺らめかせた。

「やっ……みなっ、見な…っ……」

「やめるのか？」

つっとそれを指先でなぞられただけで上擦る声が零れ、眦は涙で濡れた。

もう駄目だと思った。

もう、逆らえない。逆らいたくもない。

「……って、言え」

「え？　なんだ、戸原？」

「ごめんって……」

朦朧とする頭で最後に縋ったのは、あの言葉だった。

手島との約束。関係などないのに、なにか自分を解放するための呪文かなにかのように、頭に焼きついていた。

それさえ、手に入れれば許される。満たされる。なにもかも。

「杜野っ……言ってくれ、おまえが……言ってくれたら……」

「……俺が悪かったよ。戸原、ごめんな」

意味など判るはずもない。謝る理由など杜野にあるはずもなく、それでも身も心も縋りつかれた男は戸原の懇願に応えた。

「杜野……」

男が軽く身を屈ませてきただけで、それが判った。もういいのだと、自らも求めるままに、戸原は唇を重ねた。

足りない。強く熱くいくら重ね合わせても足りずに、両腕を首に回しかけて貪りついた。

「んっ……う……」

口腔を掻き混ぜる舌は熱い。熱を交換し合い、杜野の中に僅かに残ったアルコールの苦みすらも受け止めて、軽く伸び上がると戸原は爪先立ちになった。

一ミリでも杜野に近づきたい自分がいた。

ゴムの縁まで浮き上がりそうになっているボクサーショーツは、軽く指をかけられただけで張り詰めた性器を飛び出させた。

「ふ…ぅっ……ぁっ、あっ……」

戸原の体は、求めるものをようやく与えられると歓喜した。

大きな手に包まれた瞬間、それだけで泣きじゃくるような射精をした。


雨は止んでも、濡れた路面は車道も歩道もてらてらと街灯の明かりを反射していた。

どこをどうやって家まで帰ったのか、それ以上の記憶があやふやだった。

ハァハァと繰り返し吐いた息は、室内では白く曇ることもどこへ立ち上ることもなく、戸原はただぼんやりと天井を仰いだ。

「本当に溜まってたんだな」

ベッドで隣に寝そべる男が、片方の肘を付いた姿勢で顔を覗き込んでくる。

店で一回、部屋に着いてもう一回。バーカウンターの前では、三擦り半どころか擦られる前に達してしまった。

いい年した男が有り得ない。さかりのついた動物みたいだ。理性を保つためのストッパーはどこかに弾け飛んでしまい、店を出た戸原は杜野を部屋へと誘った。

先に杜野が自宅に誘い、『タクシーを捕まえれば十分で着く』と言われて、『それなら徒歩五分の自分の部屋のほうが近い』と招いたのだ。

ドキドキした。誰かを部屋に誘うのは、こんな感覚だったのか。

バーテンダーらしく酒でもてなすどころか、玄関の明かりを灯しただけでベッドへ直行した。

1LDKの部屋は、奥のベッドまで迷うほどの広さはない。

さっきの続きとばかりに体を探られ、今度は手でたっぷりと扱いてもらって吐精した。

我慢できず、自分ばかりが続けて二度も。

呼吸を整えながら、戸原は言い訳めいた呟きを漏らす。

「……しばらく、してなかったから」

「おまえが女と遊んでないのは判ったが……自分でする暇もないのか？　もしかして、仕事が増えたせいで……」

「前からあんまりしてない……しないようにしてる」

「なんで？」

　不思議そうな表情だ。自己処理を避けるなんて、普通じゃない。返事を躊躇うも、沈黙の間に杜野は勝手に答えを導き出してしまった。

「もしかして、オカズが男になるからか？」

　自分の性的指向について、戸原はもう誤魔化せるとは思っていなかった。だからと言って、長年封じる癖のついたものを容易くオープンにできるはずもない。

「……っ……」

　反射的に手が出た。言葉にならないまま胸元を拳で叩くと、大した力も籠っていないのに杜野は「痛い」とわざとらしく呻いて、二発目三発目を誘発した。

「ポカポカ叩くな、痛いって」

　じゃれつく犬でもあやすみたいな男の漏らした笑い声に、ムッとしつつも体のどこかがきゅっとなる。

　角を落とした氷のように、心地のいい杜野の低い声。もっと聞いていたいと思った瞬間、両手は捉われ、戸原はシーツに縫い止められた。

「杜野っ……」

「もう暴れるなよ。いいだろ……おまえがノンケじゃなくなっても、俺しか知らない。俺は口は堅いほうだし、一人くらい知られたって」

「……よくない」

その一人が誰であるかが問題だった。

誰よりも知られたくなかった。

誰よりも、本音では欲しがっていた男には。

「そんなこと言うなら、俺だってよくはない。オカズってのは、どんな男だ？　気になる」

「だから、してないってっ……」

顔を覗き込む杜野に圧しかかられると、重たい腰に違和感を覚えた。杜野の中心は兆したままだ。そんな当たり前の反応にも、戸原は頭が回らないでいた。

自分相手に杜野が欲情している。

「杜野、おまえも……手でしたらいいか？　俺、あんまり上手くはないと思うけど」

意を決して提案したというのに、じっと見つめ返されるばかりだ。

「え、ちょっとっ……」

起き上がろうともがくも、両手はしっかりとシーツに押しつけられたまま。解こうとしない男に戸惑う。

「おまえが煽るから足りなくなった」

「煽るって……」

自覚のない戸原は、ずっと頬を赤く染めたままだった。羞恥と、初めての快楽への興奮と。暗い部屋に目は馴染み、月夜でなくとも窓からぼんやり射し入る街灯の明かりで互いはよく見えた。

「……んっ……」

キスが降ってくる。唇を捲り上げるようなキス。上唇も下唇も、順に捲られ、男の厚ぼったい舌が口腔にぬっと入り込んでくる。

戸原も薄い舌を懸命に動かし応えた。

やがて解けた男の唇は、顎から喉元へ。帰宅の際に着替えた私服のニットは、すでに胸元までたくし上げられている。ボトムも下着も、先程の手淫で乱れてしどけない。

「あん…っ……」

ピンと立ち上がった乳首を唇で食まれ、予期せぬ声が零れた。柔らかさなどなくとも反応に気をよくした男は、膨れた小さな粒を唇や舌で淫らに味わうように転がす。

「むっ、胸なんて…っ……あっ、あ……」

無駄と言うには、敏感な体だった。右も左も代わる代わるに愛撫を施され、じわりとした官能が溢れる。

いつの間にか自由になっていた両手を動かそうとすると、『まだダメだ』と言うように、今度は腰の左右で手首を取られた。ぽっかりと開いた臍（へそ）の凹（くぼ）みを、チロチロと舌先で擽（くすぐ）られ、戸原の肌はビクビクとざわつく。

「んっ……杜野っ」

すっと一文字の線を描くように、硬く尖（とが）った舌が下腹部へ向かった。ぞろりとした刺激と、濡れた軌跡に胴が震える。

淡い茂みを分けるまでもなく、性器はまた力強く上向いていた。

「……あっ、や…っ……」

鈴口の小さな穴が開く感じがした。視線を感じただけで先走りが露を結び、ツッと透明な雫（しずく）となって零れる。

「……ぁっ……んんっ……」

これまでの強いてきた我慢の反動で、本当に壊れてしまったかのようだ。張り詰めた幹を這（は）う感触にさえ、先端がヒクヒクと跳ねた。

見つめる杜野の視線が熱い。

「……どうやって我慢してたんだ？　こんなに敏感なくせして」

「あっ、待っ……ひ…ぅ……」

吐息が掠（かす）めるだけでも腰が浮く。

「どっ、動画とかっ……見て……」

「動画？　オカズ……じゃなくて、まさかタランチュラか？」

「いつも虫っ……見てるわけじゃない…っ……いつもはっ、ハムスターとか……い、犬とか……」

「普通の男はな、『たまに』もそんな目的のためには見ないんだよ」

涙目で睨み返したところで、眼差しに迫力はない。

「……悪かったな、普通じゃ……なくて」

「もっと自然でいいだろって言ってんだよ。我慢する必要あるか？」

「あると思った……からっ、俺はっ……」

主人の抵抗とは裏腹に、蓄積した熱は冷める気配もない。杜野の手が昂るものをそっと支えると同時に、潤んだ先端を柔らかにくねる舌がなぞり、「ひっ」と身が捩れる。

「あ…っ、なに…やってっ……」

「なにって、キスだ。可愛がってやる」

「あぁ…っ……まっ、待て…っ、杜野っ……あっ、そんなこと……口、汚れる…っ……ふ…ぁっ」

戸原は潔癖症ではないつもりだけれど、排泄のための器官でもある性器に、キスをするなんて信じられなかった。

「杜野…っ、だめっ、ダメだっ……」

ようやく自由になった両手で阻もうとするも、もう力が籠らない。押し戻そうと突っぱねる手は、男の整えられた髪をいくらか乱すだけだ。

ずるっと剝き下ろされた衣服は、足先からも抜かれて、ベッドの下で軽い音を立てた。

「や…っ……いや……」

両足を広げ、きつく勃起した性器を晒すよう促されて戸原は声を震わす。

「だめ、やめ…っ……あぁ…んっ……」

杜野の大きな口にすっぽりと包まれ、ぐずつく涙声へと変わった。そこら中から溶け出しそうな快感が溢れる。

吸いつく粘膜が、幾度もじゅっと鳴った。とろとろとした先走りが止めどなく溢れ、杜野がそれを感じ取っているのも否応なしに音で知らされる。

淫らな音を鳴らされ、戸原は『嫌だ』『ダメだ』と頭を振りながらも、もの欲しげに腰はくねった。

「はっ、あぅ……あっ、あ…っ……」

堪らなかった。こんなメチャクチャな快感を、戸原は初めて知った。

変になりそうだ——もう、なっている。

一度制御を失った体は、これまで水分を欲してカラカラに乾いていたスポンジであったかのように、快楽を吸い上げることに夢中になる。

「……ぁっ、あ…っ……杜野っ」

戸原はしゃくり上げ、しなやかに身を反り返らせた。肩甲骨の辺りや臀部をシーツに擦りつけ、もっともっととねだるように、濡れそぼった中心を迫り上げる。

「んんっ、ぁっ……」

駄目だと思いながらも、腰が揺れるのを止められなかった。

気持ちいい。我慢できない。無意識に口元を両手で覆った。「あっ、あっ」と小さく啜り喘ぎ、遠慮がちに腰を突き上げて、杜野の口の中へと濡れそぼったものを埋める。

杜野の手は、悪戯に周辺を彷徨っていた。

根元近くで凝ったものを、やわやわと揉み込んでいたかと思えば、するりと狭間へ指の背を這い下ろす。

「……ぁっ、や……」

濡れた指の腹でなぞられ、戸原はようやく気づいた。

「杜…野っ、どこ、さわっ……あっ……」

昂りを口腔から抜き出した男は、宥めるように幹や先端に唇を押し当てながら訊ねた。

「……こっちは？　考えたこともないか？」

戸原は息を飲んだ。あまりの禁忌に言葉にもできないとでも言うように、『嫌だ』と左右に頭を振り続け、身を起こした男はその顔を覗き込んできた。

少しムッとした声音で問う。

「おまえの頭ん中の男は、こっちはしなかったのか?」

「しっ、しない……してないって、言って…っ……」

「じゃあ……これが、最初だな」

「え……も、杜野…っ……」

杜野はスーツの上着は脱いでおり、いつの間にかネクタイも抜いてはいたけれど、シャツやスラックスは身に着けたままだった。

一方的に乱れた自分を意識して、恥じらう間もなかった。

スラックスの前を寛げた男は、戸原のそこへと狙いを定めた。狭間を走った熱に身が竦む。

杜野の熱さ、大きさ。想像の範囲外で、それほどに杜野が昂っていたことに驚くと同時に、怖くなった。

「……りっ、無理……杜野、できない……」

戸原は怯えていた。痛みよりも、自分が自分でなくなってしまう気がして怖かった。

すでに一線を越えた行為だとしても、それだけは駄目だと拒絶感を覚えた。往生際悪く、一人でバランスを取り続けた心が、転がり落ちてベシャリとコンクリートの地面にでも叩きつけられそうな錯覚。

ぶるぶると頭を振り続ける戸原に覆い被さり、杜野は互いの額を押し合わせた。

「杜野、頼むから……」

「しない、無理には。おまえに痛い思いさせたいわけじゃないからな」

「え……」

「はっ、俺もキツ過ぎて痛いのはゴメンだ」

杜野は笑った。

痩せ我慢だとすぐに判ってしまった。いつも声を立てて笑うような男じゃないから、ぎこちない。なにより、欲望を抑え込んでいるからなのだと、地を這うほど経験値の低い戸原にも判った。

「……戸原？」

気づけば杜野の首に両手を回していた。

戸原は信じるほうを選んだ。

「杜野…っ……ぁっ……」

行き交い始めたものに息を詰める。

肉づきの浅い谷間。指で触れられた窄まった部分も、滑らかに濡れた屹立でゆっくりと擦られ、吐息と共に力が抜け落ちた。

「……あっ……あ……」

「気持ち悪いか？　少し我慢してろ」

「ふ……っ……あっ、足……」

「……キックしてられるか？」

戸原の両足を高く抱えたかと思うと、杜野は開くのではなく閉じた。

腿や臀部の肉を寄せ、杜野は挿入するかのように腰を入れた。

熱を感じた。本当に繋がれてなどいないのに、杜野の熱と自分の熱と。分厚いゴムで隔てたような、交わらないもどかしさをどこかで覚えつつも、淡い刺激にさえ酷く感じた。

たぶんずっと欲しかったものだ。

否定しても拒んでも心の底のほうでは喜んでいた。

「……杜野っ」

シャツ越しにも、汗ばんできたと判る男の背を抱き留める。こんな自分を丸め込むなど、今なら容易いだろうに、そうしない男の優しさが愛おしかった。

キスだけはなにも考えずにした。

押し合わせた唇は、達する少し前に動いた。

「……原っ…………だ」

荒い息づかいにしか響かずじまいの男の声。熱に浮かされた戸原には、『好きだ』と語ったようにさえ思えた。

軽いシャッター音で目を覚ました。

目蓋を起こすと誰かがいる。

うるさく鳴り続ける目覚まし時計でも、痛いほどに眩しい朝日でもなく、人の顔が一番に視界に飛び込んでくる。

それが、杜野一樹――そんな起こり得ないはずの朝の景色。

「杜野……な、なに？」

腫れぼったく感じる目を擦りつつ起き上がると、杜野は決まり悪そうに「いや、べつに」と答えた。

「今、写真撮ってたろ？」

「あー……」

正直に言えばいいのに、誤魔化すのが下手だ。言葉を探したところで言い訳は見つからなかったらしく、観念したみたいにポツリと言った。

「寝顔」

「え？」

「可愛い顔してるなと思って」

「え……」

犬や猫じゃないのだ。子供でも女の子でもない。まだ老け込む年齢ではなくとも、このところくたびれたとさえ感じる鏡の自分を思うと、違和感に眠気も吹き飛ぶ。

「いっ、今も昔もおまえくらいだよ。俺に可愛いなんて言葉遣うのは」

昔は童顔だったとはいえ、正面切って言ったのは杜野くらいだろう。

「覚えてたのか」

「覚えてるとか覚えてないとか、そういう話じゃなくて……写真、消せよっ」

布団を撥ね除けて起き上がれば、ベッドの傍らに膝立ちをした男は、スマートフォンを持つ左手を素早く遠退かせて躱した。

「いいだろう、寝顔くらい。なかったことにされても困るしな」

「なかったことって……」

——昨晩の出来事のことか。

パジャマ代わりに貸したネイビーのスウェットの上下は、いつものビシリとしたスーツ姿の杜野からはほど遠い。

額が隠れるほど下りた前髪も。自分が摑んで乱したせいだと思えば、燃え残しでもあったかのように体の奥が燻る。

やけに目蓋が重いのは、泣いてばかりだったせいだ。ハスキーがかった耳慣れない自分の声は、一言発する度に初めての快楽に腰砕けになってしまった時間を思い起こさせる。

杜野だって、聞く度に思い出しているかもしれない。考えたらいても立ってもいられない気分になった。

――なんでこんなことになったんだ。

「戸原、どうした？」

「な……んでも」

片言の口調になりつつ、慌ててベッドを下りた。

「杜野、腹減ってないか？」

「え？　ああ、まぁ……そうだな」

「最近、自炊サボってるけど、パンとコーヒーと……あと卵くらいはある」

一目散に洗面所に向かった後、軽く身支度を整えてからカウンターキッチンに立った。

習い性で胸当てのあるブラウンのエプロンを身に着けていると、カウンター越しの男の視線を感じた。

「なに？」

「いや、エプロンちゃんとするんだなって。おまえがそこに立つと、バーカウンターみたいだ」

「カクテル作ろうか？」

戸原は冗談めかし、照れ隠しに笑った。

「トマトジュースがあれば、ブラッディ・メアリーが作れたけど。アメリカじゃ朝向けのカクテルだそうだ」

「ブラッディ……って、ウォッカベースだろ。さすがに今はいいかな。おまえに作ってもらうのは、夜の楽しみに取っておく」

『夜』という言葉に、冷蔵庫から卵を取り出す手がピクリと反応しそうになった。

それは、また次があるという意味か。

ボールに卵を割り入れる作業に集中する素振りで、戸原はうっかり乱れそうになった鼓動を整える。

冷静さを装うのは得意のはずが、杜野の前ではポーカーフェイスも効きが悪い。

つい皮肉を漏らした。

「よく言うよ、夜は予定がいっぱいのくせして」

「予定って？　どういう意味だ……俺が二股でもかけるってのか？」

「二股っていうか……昨日だって、一人じゃなかったろ。あの眼鏡のインテリ風の人」

まだ気に病んでいたのかと、自分に突っ込みたくなる。

杜野は動揺も見せず、パッと返した。

「あの人は税理士だよ。うちの税務関係を担当してもらってる」

「え……そうなのか？　そんな雰囲気じゃなかったけど」

「そんなもどんなも、事実だ。ああ……いつも遅い時間に来てもらってるから、昨日はお礼に食事くらいと思ってな。元々『クラウディ』の客なんだ。アカネさんの知り合いで、仕事も安く引き受けてくれてる」

「じゃあ……おまえの好みがスーツの男で、とっかえひっかえってのは？」

言葉は少し違ったかもしれないけれど、意訳はそうだった。税理士も、元から客ならおそらく同性愛者だろう。

「なんだそれ。スーツなんて興味あるか。毎日、自分だって着てんのに。そんなデマ、誰に聞いたんだ？」

「誰って……」

高崎（たかさき）の名を出そうものなら、話が拗（こじ）れそうな予感がした。

戸原は賢明に口を噤（つぐ）んだ。では、共同出資者なんてのもただのデマ。スーツの親密な男がほかにもいると聞かされたのも、自分の気を引いてからかうための嘘（うそ）だったのだろう。

「まぁ、おまえに嫉妬されたと思えば悪くないか」

杜野は満更でもなさそうに言った。

「べ、べつに嫉妬じゃない」

「違うのか？　俺は結構気にしてたけどな。おまえの三メートル以内に近づくなって、馴染み客に、触れて回るくらいには」

「え？」

「ノンケに興味ないって言いながら、美形は別腹って奴も少なくないしな。釘刺しとかないと落ち着かない」

落ち着かないのはこちらのほうだ。思わぬ告白に戸惑う。

一体、杜野の目にはどんなフィルターがかけられているのか。時が止まったまま、自分が絶世の美少年にでも見えるのか。

「なにか手伝おうか？」

作業の疎かになった戸原は、傍にきた杜野にハッとなる。

「あ、ああ、うん。じゃあコーヒーを淹れてもらおうかな。ケトルはこっちだ」

途中から二人三脚になったおかげで、簡単な朝食は瞬く間に準備ができた。厚めのトーストにはシンプルにバターを塗り、ちょっと贅沢にハチミツを垂らした。卵はふんわりとマヨネーズ多めのスクランブルエッグ。彩りに野菜室に残っていたトマトを添えると、見栄えはだいぶマシになった。

部屋のテーブルは広めの座卓だ。

家具はシンプルで少ない。小ざっぱりとした部屋は、急な来客でも焦る必要はない代わりに、職場の『9』のようにどこか無機質で生活感に乏しかった。

「いただきます」

杜野と食事なんて、もはや非現実感さえ漂う。

テレビでも点けて誤魔化そうかと思ったけれど、すぐに慣れて、黙々とした食事も不思議と気詰まり感はなくなった。

懐かしさすら覚える。放課後、図書室はもちろん、学校帰りに寄ったファストフードでも、互いの存在が空気に溶け込んだみたいに心地よく感じられたあの頃。

ふと思った。

あのとき自分の想いを捻じ曲げたりしなければ、こんな時間が続いていたのだろうか。

あのとき、手紙にしなかったという想いを、杜野が聞かせてくれることもあったのか。

今はもう顔も忘れてしまった、大人しげな図書委員ではなく、自分と——

「そう言えば、昨日の『ごめん』ってなんだったんだ」

「……え？」

戸原は顔を起こした。

定まらない焦点の目で男を見る。

真っ白なプレートのスクランブルエッグをフォークで掬う杜野の言葉が、一瞬なんのことだか判らなかった。

手島のあのセリフだと思い当たる。録音まではしていないけれど、強引に言わせたことに罪悪感を覚えた。

「あ……なんだったかな、変なこと言わせて悪い」

どんな間違いがあっても、杜野が女性を傷つけるような振る舞いをするはずがない。手島の誤解を解かなくてはと思った。

昨夜のセックス——もどきが未遂に終わったのも、杜野が自制心を働かせてくれたおかげだ。

杜野は変わっていない。

スーツの似合う大人の男に変わろうと、本質はあの頃のまま。

「……戸原、俺ばっかり見てないで、食べないと冷めるぞ？」

「え……」

見つめた自覚はなくとも、真っ直ぐに杜野を視界に収めていれば目が合う。

「なんだ？　パンより食いたいのは俺か？」

「ばっ、バカ、オヤジか。俺はただ……」

昔の杜野は、こんな冗談の言える男ではなかった。変わらないなんて前言は撤回だと意気込んだところに、身を乗り出した男の長い腕が伸びてきた。

ポンと頭を叩かれた。

大きな手のひら。うなじに触れなくとも、瞬時にあの帰り道が脳裏に戻ってくる。

それだけのことに、トーストから滴りそうな甘いハチミツみたいに戸原の心も蕩けた。

気づけば『クラウディ』から見える空は広くなっていた。

街路樹の銀杏(いちょう)はすっかり葉を落とし、青空も周辺に聳(そび)えるオフィスビルもよく見える。テラスのウッドデッキを箒(ほうき)で掃きながら空を仰ぐ戸原に、店長が声をかけてきた。

まだ三十代半ばくらいながら、髭面(ひげづら)が貫禄(かんろく)を醸し出している男だ。

「苑生(そのお)くん、もう上がっちゃっていいよ？」

入口のドアにはすでにクローズの札がかかっており、今は夜に向けての準備時間だった。

今朝、戸原の部屋から帰っていった杜野は、てっきりカフェタイムに店に来るのかと思いきや、姿を現さなかった。

「あ、はい。おつかれさまです。今日は夜は人足りてるんですか？」

「まぁ大丈夫かな。悪いね、昼のバイトの君にまで心配かけて」

自ら仕事を買ってでるようなことを言うなんて、どうかしている。

店長はすまなそうな顔になった。

「そういえば、オーナーから聞いたよ。苑生くん、本業はバーテンダーなんだって？」

「あ……はい、まぁ」

「どうりで仕事ぶりがこなれてると思った。身のこなしも綺麗(きれい)だし。休みにこっちのバータイムまで手伝ってもらっちゃって、悪いことしたね」

　ゲイの香りの漂う店長ながら、人は良さげだ。

「そうそう、篠原さんの友達がバイト探してるらしくて。昼の女の子は一人増えることになったから、無理しなくても回せそうだよ」

「え、そうなんですか。よかったですね」

　戸原自身もいつまでこの店にいるかは判らず、人手不足の解消は朗報だ。

　手島の誤解を解けば、バイトを続ける理由はなくなる。葉の落ちた街路樹のように、淡い淋しさを覚えるのは、店に慣れて愛着でも芽生えたのか。

　戸原は帰り支度をすませて店を出た。

　すでに西の空は赤い。

　今日は『9』の仕事は休みだ。通常は出勤日の木曜だけれど、連休を取りたい同僚に頼まれてシフトを替わった。手島に来店予定があったとしても、話はまた今度だ。

　スマホを見ると、杜野からラインが来ていた。

『夜は店に行く。遅くなりそうだ。週末、どちらか空いた日はあるか？　会いたい』

　思わず頬が緩む。ぶっきらぼうな文面は、杜野らしい。高校時代を彷彿とさせ、あの手紙さえも思い起こさせた。

　歩き出せば、あのときの学校の廊下で感じた高揚感までもが蘇る気がして、戸原はコートのポケットの中のスマホを強く握りしめた。

週末はすぐにもかかわらず、だいぶ先に感じる。二日後、三日後さえも待つのがもどかしくしんどいなんて、まさに中高生だ。

――付き合っているわけでもないのに、どうかしてる。

遠回りをしてスーパーへ寄り、家に帰りついた。久しぶりに自炊の食事で腹を満たし、風呂に入る。その後、半乾きの頭で向かったのはベッドではなく、あろうことか再びスーパーだった。

アルコール類の品揃え（ぞろ）のいい店で、気になる銘柄があった。週末に備えるように、自宅にはないリキュールを購入しておく。

満足して帰るはずが、自然と『クラウディ』へ足は向き前を通りかかった。

いつもどおり琥珀色（こはくいろ）の光を放つ店。寒くなってきたので屋内のほうが賑（にぎ）わっているものの、テラスも無人ではない。

こそこそと様子を窺（うかが）えば、よりにもよって一番気づかれたくはない男とバッチリと目が合ってしまった。

「やだ、覗き～？」

「ちがっ、違います！」

淡いピンクのふわふわのファーコートに身を包んだアカネは、物陰に猫でも発見したかのように目を輝かせ、『おいで』と手招いた。

珍しく一人で飲んでいる。

「いっちゃんならまだよ〜」

「べ、べつに、そういうわけじゃない」

アカネはまるで信じた様子もなく、椅子を勧めた。

「まぁ座ったら。もうすぐ来るんじゃない？　いつも仕事帰りに寄るから、時間がまちまちなのよね」

「仕事って？」

「えっ、えっ、知らないの？」

嬉しそうに目を輝かせるのは気のせいか。

「いっちゃんはね、ああ見えて御曹司なのよ。レストランチェーンの『巽』、知ってるでしょ？」

『TATSUMI』の名で関東圏を中心に展開している、洋食レストランチェーンだ。

「ああ、そういえば……」

「なんだ、やっぱり知ってるの？」

戸原の反応に、アカネの目の輝きは曇るも、戸原は知っていたわけではない。

高校時代の噂を思い出した。

あれは本当だったということか。だとすれば今は父親が創業主の会社に勤めているのだろうけれど、一言教えてくれればよかったのにと淋しく思う。

「いっちゃんて、ズルいわよね。同じ人類なのにスペック違い過ぎ。仕事帰りだからって、あのスーツもエロ過ぎて反則じゃない？」

どうやら、淫らもカッコイイもアカネの中では「エロい」と表現されるらしい。言葉が乱れ過ぎだ。「ヤバイ」みたいな扱いか。

「まぁ、でも確かに『エロい』かも」

杜野のスーツ姿は確かに嵌まってはいる。

「あらら、共通認識できちゃった？」

「アカネさんもそのコートよりスーツが似合うと思うよ。背も高いんだし」

戸原は怯まず言ってやった。

キワモノなオーラに錯乱させられるが、よくよく見れば顔立ちも精悍な男前だ。

「あなたに褒められる日が来るとはね。でも、人には適材適所ってものがあるのよ」

その適所がスーツと思うも、却下らしい。アカネは傾けていたグラスを置き、四人掛けの丸テーブルの空席から、唐突に黄色い花を一本取り出した。

覗けばアレンジメントの花束が置かれている。

「褒めてもらったお礼。一段落した仕事があってね、もらったの」

「仕事って？」

「メイクよ」

「え、もしかしてメイクアップアーティストとか？」

「そうそう。あなたは……あんまりそそられないお顔ね」

残念とでも言いたいのかと思えば、おもむろに花を戸原の髪に挿しながら、アカネは言った。

「完成されすぎてるのよ。全然遊べないから、メイクは楽しくないわ」

「なに、この花？」

「フリージアよ」

「そうじゃなくて」

人に頭に花を挿されるという経験が初めてだ。しかも、断りもなく。

左のこめかみの辺りで、髪に挿すには長めの茎が襟足に当たってくすぐったい。

「ほら、もう綺麗」

綺麗。その単語は、アカネの中でどのくらいの幅を含んだものなのか。取ろうとすると遮られた。

「せっかくだから、いっちゃんにも見せてあげなさいよ。間違いなく綺麗って言ってくれるから。あなたと違って捻くれてないもの」

「綺麗って思えばね。杜野は部屋に花が飾られたって目が向かないタイプだから、頭についてても気づかない可能性ある」

　当たらずとも遠からずだろうけれど、アカネは溜め息をついた。

「そんなわけないでしょ。素直じゃないわねぇ。あなた、ゲイは犯罪だとでも思ってる？」

「え、べつにそこまでは……なに、急に」

「でしょでしょ？　世の中、実は規制されてることなんてほんの一部なのね。あとは、人目を恐れるか否か。怖がってたらなんにもできないわよ？　男が花飾りつけたらダメだって決まりもないんだし」

「俺は人目が気になる」

　素直になって応えるも、アカネは失望の渋い顔を見せた。

「フリージアの花言葉はね、あなたに足りないものよ」

「……なに？」

「無邪気」

　指先で探ってみれば、ひやりとした花弁を感じる。

　大輪の花ではなく、可憐な小花の並んだ黄色い花をアカネが選んだ理由。大して互いを知りもしない、赤の他人に等しい関係にもかかわらず、見透かされたようで悔しい。

　けれど、外す気にもなれなかった。

　この店ならば、どうせ気にするような人間もいないと手を離しかけ、戸原は「えっ」となった。

椅子から浮かせた腰に、アカネが訝る顔でこちらを仰ぐ。

「どうしたの？　いっちゃんはまだ……」

立ち上がった戸原の目には、ここにいるはずのない男の姿が映っていた。

『クラウディ』の窓越しに見える、紺色のスーツの男。壁際のテーブル席にチラつくその姿は横顔ながら、戸原が人を見間違うことはない。

特に、『9』の客の顔は忘れやしない。

「ちょっとっ！」

アカネの声も無視し、ふらりと歩き出した足元へ黄色い花は落ちる。戸原は踏んでしまったことにも気づかぬまま店内に入った。

賑やかな音と温い空気が、煩わしく耳に体にと纏わりつく。

ここが普通のバーならば、店を替えただけと思ったかもしれない。あるいは男一人、静かに飲んでいれば、川の向こうの異世界に迷い込んだ小ネズミだとでも。

しかし、実際に聞いたのは、陽気に同席の客たちと盛り上がる手島の声だ。

「成功したら、投げ銭でもくれよ〜」

テーブルには帯つきの百万円の札束。メニューでさっと隠した手島が、「行きまーす」と立ち上がれば、スーツの男たちはどっと笑った。

「なにやってんだよ、伸也。床に金落としてっし！　成功したことあんのかよ、その手品！」

「ある！　五回に一回くらいは成功してっから！」

戸原は首根っこでも捉える気分で、冷ややかな声をかけた。

「へぇ、俺のときはその貴重な五分の一の成功だったんだ？」


「あんた店は？　木曜はあっちの仕事のはずだろ」

テラスの端のテーブルにつかされた手島は、悪びれるどころか不貞腐れた調子で言った。

ワケアリを察したアカネは『あらあら』と店内に消え、ウッドデッキのテラス席にはもうほかに一組しか残っていない。風が出てきたせいで、冷え込みがきつくなっていた。

戸原はテーブルすら挟まず、座らせた男の前に立ち塞がった。

「今日は俺が絶対いないと思って、飲みにきたのか？　おまえはこの店の客なのか？」

「……そうだけど」

「なんで……なんのために、俺をここで働かせようとしたんだ？　オーナーに近づくよう仕向けてただろ」

たまたま成功しただけのヘタクソな手品。消えた百万円なんて存在しないし、脅してでも『クラウディ』に自分を送り込もうとしたにすぎない。

——杜野に恨みでもあるのか？

過った考えに、戸原はぞっとなった。不遜な態度で苛々と足を揺すり始めた手島の目は、相変わらずの糸目ながら鋭く、こちらを睨み据えた。

——この目。

「おまえが悪いんだろ。瑞葉を誑かしたりすっから」

「え？」

「はっ、女多すぎて覚えてないか？」

「なに言って、瑞葉っておまえの彼女だった……」

言いかけてハッとなる。『クラウディ』の馴染み客らしい手島が、異性愛者でないのなら、こっぴどく振られた元カノなど存在するはずがない。

「妹だよ、俺の。あんたが散々調子のいいこと言って、弄んで捨ててくれた女だよ」

「……俺はおまえの妹を知らない。客にも覚えがない」

「しらばっくれるな！」

勘違いも甚だしい。けれど、腑に落ちた。

手島が時折、自分に対してやけに攻撃的な態度を取った訳。

「逆恨みで、どうしてこの店で働けって言い出したんだ。妹だか彼女だか知らないけど、相手の悪い男はここのオーナーだっておまえは言ってたろ」

「そんなの、あいつにおまえを近づかせるためだよ」

「え……」

「モトミヤイツキ。一樹に頼んでおいたんだ。あんたが二度とチャラチャラと女遊びできねぇように、男とも遊んでるって判る証拠写真を撮ってくれって」

戸原は、反応もできず、その場に立っていた。

瞬間、声が出なかった。呼吸も忘れたかのように、瞬きさえもせず、ただ爪先から頭の天辺まで身を硬くした。

「おい」

ただの倒れないだけの棒切れと化した戸原を、手島は訝しむ。「おい」と声をかけられても反応は鈍く、まごついた男の口調は揺らいだ。

「もっ、元はと言えば、あんたが悪いんだろ。瑞葉を騙したりするからっ！」

「……なにもしていない、俺は」

「忘れたとは……」

「店の外で客と会ったりしない」

「け、けどっ……」

反論しようとして、手島は言葉を飲んだ。

女性客の浅井がそのせいで不満を零していたのは、忘れるほど昔ではなく、半月ほど前の出来事だ。

「そそっかしい客だな、ホント」

戸原はポツリと漏らし、それから強く息を吐きつけハッと短く笑った。自身の乾いた笑い声に、止まりかけていた思考が戻る。

「手品は下手だし、隣の客の酒飲もうとするし、俺の出勤もろくに確認しないでのん気にこんなところで飲んでるし、だから間違うんだよ」

「……間違う？」

つらつらと喋(しゃべ)っても笑っても、表情だけは強張(こわば)ったまま教えてやった。

「探してたのはたぶん、おまえがこないだ『外野は引っ込んでろよ』って追い払ってたバーテンダーだよ」

乾いた音を立ててアスファルトを転がる枯葉が、寒々しさを助長させる。

十一月も後半にさしかかり、冬も間近。とっくに短い日照時間に、『9』が開店を迎える頃にはもう通りはすっかり夜の空気だ。

戸原は努めて顔を起こさず、通りの向こうを見ないようにしながら、いつものポールのようなデザインの看板を出した。

昼の光をろくに見ないまま夜を迎えた。

この数日、深夜に帰宅しても寝つけないせいで、夜明けまで動画を見まくり、日が昇る頃に夜行性の動物みたいに布団に潜り込んでいた。

動画の内容は頭に入らず、笑うことも泣くこともぞっとすることもない。どんな動画にも感情はまるで動かされないまま、ただ画面をタップする機械になったように再生し続ける。

『クラウディ』で手島に会ってから三日、戸原は杜野からの連絡を突っぱねていた。

ショックだった。手島に同情して茶番に協力する気になったのか、杜野にとっても自分は信用に値する男ではなかったのか。

昔の付き合いより、今の付き合い。そう判断したのかもしれない。杜野にはスーツで店に来る親しげな男がほかにもいると、そう言えば高崎が語っていた。

——あれは手島のことだったのか。

言動すべてが偽りには思えず、真実を探し出そうとしてもあの朝を思い出す。

微睡(まどろみ)の中で聞いたシャッター音。

杜野は証拠の写真を撮っていた。それがすべてだ。

冗談の言えるようになった男は、正義のためなら嘘もつけるようになったのかもしれない。

間違いの正義だったとしても。

「戸原さん」

看板に明かりを灯し、店に引っ込もうとする戸原は声に顔を起こした。歩道に肩を丸めた男が立ち止まり、じっと自分を見ていた。

一瞬、誰だか判らないほどの変貌だった。カーキのブルゾンにだぼっとした黒いボトムのラフな手島の姿に、今日が日曜であるのを思い出す。

戸原はまるで目に入らなかったかのように視線を逸らした。店ではどんなときも冷静な接客を心がけてきたけれど、彼はもう客ではない。

「戸原さんっ、すみませんでしたっ‼」

店に入ろうとする戸原を引き留める男は、周囲の通行人の視線までもを集める。

「俺の勘違いだった。妹にも確認したら違ってて……この店一番のイケメンで、なんでも言うこと聞いてくれて超優しいとかって前に言ってたからてっきりあんたかと！」

半歩進もうとしただけで、手島は戸原の白いシャツの腕を掴んだ。

「一樹にも何遍も勘違いじゃないかって、言われてたんだ。けど俺、聞く耳持たなかったっていうか……いっつもそう、『これ』って思い込むとババッと突進しちゃって、凡ミス多いし、トラブル少なくないし、妹にも『お兄ちゃんはなにもしなくていいから、じっとしてて』とかってガキの頃からよく言われてて……」

「だから、なんです」

戸原は、夜の空気よりも冷えた声で突き放した。

バーテンダー服は仕事の大切なユニフォームだ。皺が寄る前に手も剝がす。

「一樹は悪くない」

店のドアへ真っ直ぐ向かおうとする背に、ぶつけられた声。

その一言で、戸原の足は動きが鈍る。

「悪くないんだ、あいつは。なのに自分のせいだと思ってて……今日は先に俺に謝らせてくれって頼み込んできたんだ。これは、俺が起こした問題だから」

手島は神妙な顔で言った。

「一樹とあんた、知り合いなんだって？　おかしいと思ったんだよ。あいつの柄でもないのに、協力してもいいなんて言うから」

「……なんであいつは？」

一言だって返したくはないのに振り返り、燻る疑問を口にしていた。杜野がどういう経緯で加担したのか、知りたいと思う気持ちを無視できない。

「妹のことは前から『クラウディ』で愚痴ってて、『9』に探りを入れるって話もしてた。あんたで決まりだって報告したら、ほかの奴に頼むつもりだったのに、なんでかあいつが乗ってきた」

「杜野が？」

「俺はいいんだ、べつにあんたに嫌われたって。元々好かれてねぇし、友達でもなんでもない。

でも、あいつは違うだろ？」

粗忽者だが、情には厚い男なのだろう。妹と等しく、仲間も思う。

戸原はただ苦笑した。

「同じだ。俺が友達だったのなんて、大昔の話だ」

「だったら、なんであんた引き受けたんだよ。百万のことだって、本気で信じてたわけじゃないんだろ？　嫌ならとっととやめればいいのに、あいつの店だって判ってからも働いてたじゃないか。バータイムまで手伝ってさ」

「それは……人手が足りなくて困ってるって言うから」

「じゃあ、なんで今辞めたんだよ」

「当ては見つかったって、店長に聞いたからだ」

戸原は電話で『クラウディ』を急に辞めると伝えた。いくら新しい女性のバイトが見つかったと言っても、影響がゼロのはずはない。

「一樹はいい奴なんだよ」

訴えかけてくる声に、心のどこら辺かがチリリと焼ける。

——そんなこと、言われなくたって知ってる。

そう、言い返したくなる自分がいる。

「一樹はさ、良い奴っていうか、すごい奴なんだ。仕事は親父の会社で将来安泰だってのに、みんなのために『クラウディ』を残そうとして、親父さんに頭下げて金借りてんだよ」

それも知ってると突っぱねてやりたかったけれど、昼間勤めていることも、知ったのはアカネに教えられたからだ。

自分は、杜野を本当はなにも知らないのか。

「もしかしたら、俺の話も、あんたを庇うつもりで乗ったんじゃないのか？　なっ？」

「だったら、なんであんな……」

写真を撮ったりしたのか。

『週末会おう』と自分に連絡をくれたのは、警戒させないための方便だったのか。

疑えば切りがない。日頃から客にリップサービスとばかりに、調子のいい上面の言葉を並べてきた報いか。

なにも信じられない。

「なぁ、あんたの気のすむまで謝る。俺が百万回でも頭下げるからっ……」

「どうでもいい。もう俺に関わりさえしないでくれれば。俺はゲイは嫌いなんだ。俺のいないところで、好きにやっててくれ。マイノリティなんて言っても、どっかには入れてんだから楽しい人生だろ」

言葉で突っぱねようとするあまり、最後に惨めな劣等意識が滲んだ。

どこにも属せない自分。

気づかれたかもしれないと思うだけで、心臓がひゅっと縮む。

手島の細い目は、反応が疑いづらい。今度こそ店に逃げ込んでしまおうと向けた背に、聞きたくもない言葉が飛んでくる。

「あんた、それでいいのか？　それで、あんたの大事なもんは手に入ってんのか？　一人で涼しい顔して、高いとこから見下ろして、それ楽しいのか？　なぁっ」

聞きたくない。

それを知って、なんになる。

「そこ、一人じゃねぇの？」

戸原はドアに手をかけた。

「消えてくれ、もう出禁だ。べつにおまえはこの店が気に入ってたわけでもないんだし、困りはしないだろう」

「気に入ってたよ、たぶん。あんたの作る酒は美味（うま）かったから」

手島の声は、ロックグラスの中の度数の高いアルコールのように、とろりと響いた。

振り返らずに店へと入り、戸原は扉を閉める。まだ客の入っていない時刻ながら、窓もない照度の低い店舗特有の閉塞感。

この店には、太陽の光も風も届くことはない。

「戸原、なにやってんだよ」

看板を出すのに時間がかかり過ぎだと言いたげに、カウンターの中から以崎が声をかけてくる。悪運の強い、元凶の男だ。

「オーナーから戸原指名で電話入ってた」

「え？」

「後でこっちに顔出すって。『ロッソ』のことだろ。あっちの山本（やまもと）さん、病気入院だって。おまえにヘルプして欲しいそうだ」

姉妹店の話だ。『9』より小さなバーだけに従業員の数も少なく、急に一人抜けるのはきつい穴だ。

前に異動を希望していたから、選ばれたのだろう。

驚く戸原をよそに、男は頭を抱えていた。

「あーまいったな、おまえ引き抜かれたら、『9』が回んのか心配だわ」

どこのバーも、それぞれの店特有の空気が流れている。

月は十二月に変わり、表はクリスマスだ師走だと気忙（きぜわ）しい。けれど、『ロッソ』の店内は飾られたツリーもしっとりとした光を放ち、大人の隠れ家的な雰囲気を保っていた。

「ねぇ、ちょっと」とテーブル客の女性同士が囁（ささや）き合う声と視線に、グラスを運ぶ戸原は背後を窺った。

瞬間、風が吹き込んだような感覚を覚えた。

女性のグループ客の注目を集めたのは、遅い時間に店のドアを開けて入ってきたスーツの男だ。四車線の道路越しにも目を引くほどの男前は、小さなバーの店内ではもはや圧力さえ感じる。

仕事終わりに一杯というようなリラックス感はまるでなく、厳しい表情をしているからかもしれない。

杜野は真っ直ぐにこちらを見ていた。

もう十一時を回っている。バー『ロッソ』に残っている客は二組ながら、ほかに一人いる店員はタイミングも悪く、奥のテーブル客の対応をしていた。

いつものレップ織りのネクタイを急に息苦しく感じつつ、戸原は杜野の元へ向かった。

「いらっしゃいませ」

貼りつかせた笑みは、バーテンダーの営業用のポーカーフェイスだ。

「カウンターいいか？」

テーブル席に追いやることは叶わず、杜野はカウンターの中央の席に座った。

馴染み客の帰ったばかりの席だ。店を替わって半月あまり、戸原はそれなりに上手くやっていた。急な移動ながら、『9』の常連には訊かれたら知らせるよう伝えているので、こちらへ来るようになった客もいる。

一方、手島と一見には教えないよう口止めしておいたのに、忘れられたのか。

「店に押しかけて悪い。こうでもしないとおまえは話してくれないだろうと思って」

実際、戸原は連絡がきても、『クラウディ』の業務に関わる話以外は相手にしなかった。今はもう電話にも出ていない。

接客ロボットにでもなったかのように応える。

「ご注文はいかがなさいますか？」

「おまえの新しい店が今まで判らなくて……」

「ご注文はいかがなさいますか？」

「あー……とりあえず、マティーニで」

冷静に応じていたつもりの戸原も、ピクリとなった。杜野がとりあえずのマティーニの悩ましさを知るはずもなく、今はそれどころではないといった表情だ。

まさに、軽く思い当たったメニューを告げたのだろう。

「マティーニですね。かしこまりました」

そつなく答えて、ミキシンググラスに氷を準備する。マティーニは、バースプーンで混ぜるだけのステアが基本だ。

「戸原、話を聞いてくれ」

　カウンターに隔たれた向かいに、戸原は静かに立った。杜野へは目もくれずとも、面取りに注いだ水の中で勢いよく回した氷は、まるでざらついた返事のようにカラカラと音を立てる。

「すまない、おまえが怒るのも当然だ。だが、伸也の話に乗ったからと言って、俺は騙すつもりはなかった。本当だ」

　バースプーンをグラスの中で回転させる度に、氷からは角や傷や、余計なものが解け落ち滑らかになっていく。銀色のストレーナーを被せて水を捨てた後は、順に材料を注ぎ入れた。

　ジン五分の四、ベルモット五分の一。

　材料はシンプルに二つしかない。

「戸原、俺はただおまえと話がしたかっただけだ。伸也が思い込んでるのを知って、ほかの誰かが近づくよりはと思ったのはある。前にも言ったとおり、おまえの本音が知りたかった。もう一度会えば、それが叶うかもしれないって……結局、一度燻ったものはずっと残り続けてたわけだ」

　杜野は自嘲的に笑い、そして問い返した。

「おまえは？　おまえも、同じだったんじゃないのか？　だからあの晩……戸原、そうやって外も内も、一生なかったことにしてやり過ごしていく気か？」

　無言の戸原は、真剣な眼差しでミキシンググラスの液体を見つめていた。

　面取りで滑らかになった氷は、ほとんど音も立てずにグラスの中を回る。銀のバースプーンと氷は、互いをホールドし合ったダンススピンのようにぴったりと寄り添った。

　クルクルと煌めきながら回り続け、やがて戸原の白い手がスプーンを抜き取れば、支えも動力も失って失速する。

「戸原、おまえの嫌がることをするつもりはなかった。もちろん、裏切るようなこともだ。写真に伸也は関係ない。あいつに頼まれてたことなんて、俺はすっかり忘れてたよ」

　カクテルの完成までは、ほんの数分足らずの作業だ。時間も材料も簡素にもかかわらず、作り手によってその答えは変わる。

　逆円錐形のショートグラス。ミキシンググラスの注ぎ口をすっと高く遠退かせるようにして、無色透明の液体を注ぎ入れた。

　ふっと淡く色づいたように見えるのは、冷えたグラスが纏った結露だ。大気中の水分を一瞬にして水滴に変えるほど、グラスの内は冷えており、暖房の利いた店内とは温度差がある。

「スマホの写真は消した。確認するか？」

　杜野はスーツの上着のポケットから、スマートフォンを取り出し、カウンター越しに掲げ見せた。

　思わずつられて戸原は顔を起こした。

　目が合う。スポットライトの間接照明を浴びて輝く、男の黒い眸。光の加減か、奥深く澄んで感じられ、それだけのことに戸原の気持ちは波立った。

「戸原、ほら……」

スマホを手に身を乗り出されただけで、腰が引けそうになる自分がいた。

搔き乱されるのをたぶん恐れた。

「なんのお話でしょう」

口をついて出た言葉。結露どころか凍りついた空気に、杜野は苦い笑いを漏らした。

「……はっ、それがおまえの返事だってのか。写真どころか、全部削除してなかったことにしたいって？」

戸原は表情を変えないまま、ピンに刺したオリーブを一つ、グラスの底に沈める。

マティーニの完成だ。

一九〇〇年代前半にニューヨークで誕生した王様が、今目の前のグラスにも生まれた。

『ロッソ』のカウンターは無垢材だ。赤みのある暗色のブビンガで、天板の美しく波打つような虎目はカクテルグラスを引き立てる。

「戸原？」

とりあえずの一杯。マティーニを差し出そうとして、戸原はそのまま動きを止めた。

否、動けなくなった。

できあがった一杯に達成感はなく、ただネクタイをむしり取ってしまいたいような息苦しさだけを今も感じていた。

バーテンダー服を身に着けた自分の上辺がいくら整い、澄ました顔をしていても、頭の中はグチャグチャで整然からはほど遠い。

咄嗟になにを思ったのか、衝動的に体が動いた。

戸原はグラスの華奢な足を取り、マティーニを一息に飲み干した。

強さと、独特の癖のある味わい。度数の高さは、喉を舐めるような熱へと変わり、ずしりと体を支配する。

「おまえ……」

突然の行動に、杜野は目を瞠らせた。

こちらをチラチラと見ていたテーブル客の女性たちも気がついただろう。どう思ったか知らない。バーテンダーに酒を奢ろうとする客もいるけれど、戸原はこれまで応じたことはなく、明らかに様子も違う。

「嫌いなんだ、とりあえずのマティーニ」

ポツリと呟き、グラスをカウンターに戻した。そのまま、溺れる人間が無我夢中で水面を目指すように、カウンターの外に出た。

真っ直ぐに表へ出ようとして、足を床に張りつかせる。数秒の逡巡ののち踵を返し、店の奥で呆気に取られて棒立ちでいる男の元に向かった。

今夜は店長は休みなので、若くとも一つ年上の彼が実質責任者だ。

「すみません、早引けさせてもらってもよろしいでしょうか?」

「え、あ、ああ……」

深々と頭を下げて「ありがとうございます」と返した。ロッカーのある事務室に寄る余裕もなく、飛び出すように店を出た。

「戸原っ!」

呼び止める男の声には、応えなかった。

断りもなく飛び出すほど奔放にはなれずとも、『普通』にしがみついてきた自分が、感情のままに行動した瞬間だった。

図書室の窓を越えた日を思い出した。窓枠のように足をかけて乗り越えたわけではないけれど、心臓がバクバクと鳴った。

夜風は冷たい。店の外の空気はいつも、冷たく冴え冴えとしていて、そして澄んで感じられた。深く息を吸い込む。束の間の解放感を得ながらも、同時に同じ分だけ不安に苛まれた。自由には代償がある。

だからこそ、自分はいつもそれを手にする勇気がなかった。

怖かった。手島は『一人で高いところにいる』なんて言ったけれど、逆だった。指を咥えて高いところにある果実を眺め、空を飛べる鳥たちを羨ましく見上げているのが自分だ。

「おいっ、戸原待てっ!」

路地を追いかけてくる杜野を、戸原は背中で追い払おうとした。

「いいから、放って置いてくれ」

「そんなわけいくかっ！　いいのか、店は……」

「おまえが、新しい店まで来たりするからだろっ！　一見に教えないでくれって、頼んでおいたのに……」

「一見じゃないからな」

最後は尻すぼみになった戸原の言葉を、杜野は力強く否定した。

「二週間、毎日通った。もう常連だから教えてもらった」

「『9』に毎日？　は……ははっ、なんでそうまでして俺なんかに拘る」

『バカだな』と呟きかけて息を飲む。細い路地から表通りへ出れば、目の前には交差点があった。

チカチカと明滅する光。歩行者信号の青い光に戸原は目を奪われた。

『9』と『クラウディ』の前にある道より大きな六車線の道路。渡りきってしまえば、大河のように二人を隔てる。

「行くな」

考えを見透かした声が、背後で響いた。

構わず大きく飛び出そうとした瞬間、もう一度。

「戸原、行くなっ！」

　僅かな迷いの内に、信号は赤へと変わり、戸原はバッと振り返った。

「なんでだよ。おまえはもう仲間もいっぱいいて、自分の店まで構えてて、恋人だっていくらでも作れるし。いてもいなくても同じだろ、俺なんて！」

「同じじゃないから会いたかった。いないだろ、この世に同じ奴なんて」

「会いたい会いたいって……本当はやっぱり俺を憎んでるんじゃないのか？　普通は呆れるだろ、あんなこと言った奴」

　杜野に頷く気配は一度もなく、真っ直ぐな眼差しだけがそこにあった。ただどこへも行かせまいと自分を見ていた。

「杜野、俺はおまえを憎んでるかもしれない」

　戸原は声を震わせ、早く捨てればいいだけのガラクタを詰め込んだ箱をひっくり返すみたいに言った。

「あの頃、おまえが図書委員と付き合ってる間、俺は散々だったからな」

「散々って……」

「女子高の友達がいっぱいできてさ。いっぱい好きになってもらえたよ。手紙くれる子はいなかったけど、付き合いたいって子も、俺とセックスしたいって子もいて。すごいだろ？　男子高校生にはパラダイスすぎるよな」

「戸原」

とても散々とは思えない、むしろ幸せいっぱいの調子に乗った過去を語っているにもかかわらず、杜野は眉を顰めた。

ずっと辛そうな表情をしていた。

その後に続く結末を、言わずとも知っているかのように。

「戸原、もういい」

戸原は構わず笑んだ。

「なのに俺、まだ童貞なんだよ、びっくり」

笑って言った。

「俺にとっては、アイデンティティってやつが踏みつけにされるような出来事だったんだよ。男として、人として、ダメだって言われたみたいで恥ずかしかった。どん底だった。セックスできないくらいで死にやしないのに、全部ダメなんだって思った」

判っている。駄目だったんじゃない、駄目にしたんだ。

「杜野、おまえのせいだ。全部、おまえの……」

判っている。杜野のせいなんかじゃない。

戸原は堪えきれずに両手で顔を覆った。冷たいその白い手で目を覆えば、それだけでいつでも世界も現実も見えなくなる。

突っ伏すように、手のひらに顔を埋めて言った。

「ごめん」

吐き出したたった三文字の言葉に、手の中が熱くなった。

熱いもので濡れる。

「戸原、おまえ……」

「全部、おまえを俺が好きになったせいだ。あのとき、好きになってごめん。そのせいで、酷いこと言って、おまえにも聞かせて、本当にごめん」

ずっと伝えたかった。

本当は謝りたかった。

戸原は腑に落ちるように、そう思った。

「ははっ、なんでこんなことになったんだ」

脱力するように笑い、涙だけはなかったことにしようと、無造作にゴシゴシと白シャツの袖で拭った。

「ごめん、おまえにも迷惑かけたな。なんで俺、いつもこんななんだろうな」

なんで、どうして。何故だろう。

考えてみても判らない。上手に普通でいられない。思い切ってはみ出して生きることもままならない。

だったら、もういっそ一人でいるのが楽かと開き直り、外面だけを上手いこと整えてみても結果はこのとおりだ。

一通り涙を拭い終えれば、シャツの袖口は瞬く間に冷たくなり、ジャケットもないバーテンダー服のままでいることに酷い寒さを覚えた。

身を震わせる戸原を見つめ、杜野は口を開いた。

「謝られても、正直嬉しくもありがたくもない」

「杜野……」

「人を好きになるって、謝るようなことなのか？　俺はどうせなら、おまえに普通に好かれたい。おまえがままならないのは、ただ素直じゃないからだ。そうじゃないのか？」

風に吹かれた髪に、温かな感触を覚えた。

頭をポンと叩かれ、どうにか引かせたばかりの涙が戻りそうになる。それは反則だろうと思っても言えなかった。

杜野にそうされるのは嫌じゃなかった。

あの日も、今も。

「どうしたいんだ、戸原？　なにが欲しいんだよ？　過去じゃなくて、おまえが今欲しいものを言ってくれ」

言葉はきっといくつもあったけれど、望むものは一つだ。

戸原は、とりあえずの言葉で告げた。

「おまえが欲しい」

返事も待てずに道端で取り縋(すが)った。抱き合う姿を人に見られたかは判らない。深夜で誰もいなかったかもしれないし、近くのゲイタウン化した通りから紛れ込んできたカップルと白い目で見られていたのかも。

——でも、どちらでも構わないと今は思えた。

どちらであっても、確かになにも問題は起こらない。

何故、今まで気づけずにいたんだろう。

「おまえが店を飛び出したりするから、びっくりした。衝動的になる奴だとは思ってなかったから」

玄関先で仰ぎ見た男の言葉に、戸原は苦笑する。

タクシーで着いた杜野の家は、瀟洒(しょうしゃ)なマンションの一室だ。静かすぎるエントランスは、人目がなく感じられただけに、十数階まで辿(たど)り着く間は自制が必要だった。

「でも、断りは入れたよ。頭冷やしたら一度戻るつもりだったんだけど……たぶん」

コートも財布も家の鍵すらも持たず、自分は本当にどうするつもりだったのだろう。

ひとまず今必要なものは目の前に揃っている。

——ただ一つの欲しかったもの。

「んっ……」

廊下に上がったばかりのところで、ようやくの思いで抱き合った。キスはあの夜以来だけれど、目が合うと極自然に唇を寄せ合っていた。

薄く口を開いて男の舌を誘う。体温の直に伝わる粘膜をチロチロと擦り合わせ、拙い動きで性感を煽れば、杜野はそれ以上の熱量でもって貪り返してくる。

ふわっと浮き上がるような酩酊感を覚えるのは、杜野の巧みなキスのせいだけではない。一杯とはいえ、店で度数の高いマティーニを呷ったばかりだ。

深くなる一方の口づけに、酸欠気味の戸原は胸を喘がせ自己申告した。

「……俺、酒臭いかも」

「それなら、俺だって飲んでる。今日も『9』に行ってたからな」

「え……店名聞いて、そのまま来たのか？」

「ああ、待ちきれるわけないだろ。教えてもらうのに半月もかかったのに」

ぶつかり合った鼻梁をくすぐったく触れ合わせ、杜野は『もう一度』とキスを仕かける間際に言った。

「いいさ、二人とも酔っ払いでも。もう大人なんだから」

——そうだ。

二人とも大人になった。

些細な擦れ違いで道を違え、距離の空く間に、求める思いは薄れるどころかすっかり熟成されてしまったかのようだ。

吐息が震える。キスを繰り返すうちに、膝がガクつき始め、杜野の上着を握り締める手に力が籠った。

「……俺のベッドに行くか？」

低い囁きは、あまりに甘い。

アルコールのせいだけでなく、頬や耳元を赤くしながら戸原はコクリと頷いた。

寝室以外の部屋はリビングと、広さは違っても戸原の家と変わらない単身者向けのマンションのようだけれど、足元が覚束ずベッドまではやけに遠く感じられた。

広いベッドに導かれて上がれば、向き合う男はやけに熱っぽい眼差しで見つめてくる。

「どうしたんだ？」

どこか変なのかと、ドキドキした。

「いや、バーテンダー服のおまえを抱ける日が来るとは思ってなかったから」

真顔で言われても、絶句するか胸元を叩くくらいしかできない。「バカ」と添えたところでニヤつかせるばかりで、着替えもせずに飛び出したのを戸原は初めて少し後悔した。

「……もっ、杜野」

変な前置きを告げるから、意識してしまう。人前ではネクタイ一つ緩めたこともない、ストイックぶった制服。品よく締めたいつものネクタイ。細身に見せる黒のストレッチベスト。

一つ一つ、パーツを落としていくみたいに剝かれるのが、酷くエロティックな行為に感じられた。

「は…ぁ……」

真っ白なシャツのボタンも一つずつ外されれば、体に触れられているわけでもないのに、この先の想像だけで呼吸が乱れる。

『もう乳首が立ってる』とからかわれ、戸原は頭を振って身を竦ませた。羞恥心を煽る囁きが、一種の愛撫のようなものだなんて、経験が乏しすぎて知らない。

「……あぁ…んっ」

杜野に触れられると尋常でなく感じる。

拗らせた初恋の後遺症のようなものか。ずっと求める男は杜野のまま、更新されずどこにも行けず、今もやっぱり馬鹿みたいに欲しくて堪らない。

「お、おまえも…っ……」

乱れのない男のスーツに手をかけると、黒い双眸が細められた。

「脱がしてくれるのか？」

「……うん」

杜野も、自分と同じように恥ずかしがったりすればいい。

けれど、ゆっくりとネクタイを抜いたり、シャツを脱がせたりしてみても、頬を染めるどころか、覚束ない手つきを眺める男の表情は緩む一方だ。

「あっ、ちょっ……待って、まだ…っ……」

一時も両手はじっとしてくれず、悪戯に肌を這い回った。

「んんっ……あ…ぁ……」

尖った乳首をねっとりと弄くられ、気もそぞろ。杜野の服を脱がせる手も疎かになっていく。

気づけば熱を帯びた目で見られていた。ひどく雄を感じさせる眼差し。

ただでさえ膨らんでいた中心がきつい。黒いパンツの下はぐずぐずで、恥ずかしく昂った体を晒された戸原は、濡れた眸を泳がせる。

ベッドの上で、向き合って座った男の裸体に息を飲んだ。アカネの言っていたスーツ姿の『エロさ』など比較にならない。生身の引き締まった体に、戸原は身の奥がぞくんと疼くのを感じた。

アルコールのせいか、体の奥にぽうっとした熱がある。

「どうした？　あんまりじろじろ見られると、俺だって恥ずかしい」

「おまえ、ずるい」

「なにが?」

肌まで白い体は、比較すれば圧倒的に貧弱だ。

その上――

「……あっ……や……」

性器は過敏すぎ、指の腹でなぞられただけでヒクヒクと跳ねる。

「嫌じゃないだろ? 先っぽ弱いな、戸原は」

「ひ…ぁっ……だめ…っ、そこ……」

「ここか? 括れのとこか? ああ、すごい濡れてきた、びっしょり……泣いてるみたいで、可愛いな」

饒舌になる杜野も興奮しているのか。

「ん…ぅ……ぁっ、あっ……」

言葉どおり、濡れるのを感じた。赤らんだ眦も、杜野に触れられた性器も。

俯けば、感じやすい部分が嬲られる様を目撃する羽目になる。反りもきつく擡げた先端を中心に走る、男の節ばった指。

括れを摩擦され、透明な滑りが溢れ出す。綻んだ繊細な鈴口を指先で執拗に弄られ、戸原は堪えきれずに「あっ、あっ」と細い嬌声を上げて腰を揺すり始めた。

カウパーがしとどに溢れる。滑りを広げるよう張り詰めたものを上へ下へと扱かれ、射精感は瞬く間に高まった。

　こないだのように、すぐにイカせてくれるのだと思った。

　忘れられるものではない。何度も何度も、強烈に与えられた快楽の記憶。けれど、戸原の期待に反し、男の手指は力を緩めたり周囲を彷徨ったりとはぐらかす。

「杜野っ、なぁっ……も…うっ……」

　戸原はねだり声を上げた。杜野の手に昂るものを強く擦りつけようと、はしたなく腰が動く。

「もっと、してほしいか？」

　唆す言葉には、頷く以外の選択肢はなかった。

「……戸原」

　促されるまま、ベッドへうつ伏せになる。

　どういう意味か、たぶん判らなかったわけじゃない。頭の中はどろどろに溜まった欲望を解き放つことでいっぱいで、戸原には逆らう術がなかった。

「もり…のっ……やだ……」

　尻を高くするよう腰に手を添えられ、情けない声が出た。

　男同士のセックスをするつもりで部屋に来た。多少の心準備はできたはずが、狭間を剥き出しにされただけで涙声になる。

「ひ…っ、杜野…っ……まさかっ、舐めっ……」

割れ目をぞろっとした感触が這い下り、早くもパニックになった。

「……じっとしてろ、傷つけたくない」

「やっ、無理…っ、そんな…の…っ……杜野、だめ……口は、嫌だ……」

キスは勘弁してほしいと懇願しても聞き入れられず、這いずってでも逃げ退こうとした体は力任せに引き戻される。

突っ伏したせいで尻だけを高く上向かされ、戸原はシーツについた膝をぶるぶると震わせた。

唇にそこが覆われる。

「……や…ぁ、いや……」

泣き声を無視して、杜野は深いキスを施した。恥ずかしい穴を舐め解かれ、チュクチュクと響き始めた淫猥(いんわい)な音に戸原は啜り泣く。

「いやっ……もり、のっ……本当に、俺……それ、やだ……」

「……イヤ、なだけか？　ここはどうなってる？」

「んっ、う……ぁん…っ……」

衰えることなく張り詰めた性器を、杜野は回した手で軽くあやした。手淫の気持ちよさをすっかり覚え込んだ体は、強い刺激への渇望に蕩(とろ)けてされるがままになる。

「杜野…っ……手っ、あっ、もっと……」

「……ダメだ。今はこっちで感じるんだ」

「そんな…っ……」

「慣らさないと、おまえも俺もキツイ……こないだ言ったろ、痛いのはナシだって」

「でも」と戸惑う間にも、長い男の指が戸原の内へと沈み込んできた。

「ひ…ぅ……あぁ…っ……」

滑りを帯びたように感じる長い指。自分の先走りのせいだと気づけば、一層頭も体も熱くなる。

「ふっ、あ…っ……あぅ……」

「……前立腺、わかるか？」

言葉の意味と在り処と。どちらか判別つかないまま、戸原はコクコクと枕の傍に押しつけた頭を揺らした。

指の腹でなぞられる度に、ぶわりと快感の沸き立つ場所がある。

信じられなかった。自分の中に、こんなに感じる部分が隠されていたなんて。

抑えきれずに漏れる声は艶を増し、幾度もきゅっと杜野の指を締めつけた。その度にやんわりとそこを抉って解され、いつの間にか二本に増えた指にも集中的に嬲られて、戸原は腰を振る。

「あ…ぁん……もう……」

遠退いていたはずの射精感が、すぐそこまできていた。今度こそと蕩けた頭で思うも、後ろの刺激だけで達することができるほどの経験値はない。

「あっ、あっ、杜野…お……」

アルコールも加わり火照(ほて)った肌をシーツに摺(す)り寄せ、滲んだ涙も吸い取らせながら、戸原は懇願した。

「前も…っ……もう、して……イキ…たいっ……あっ、まえっ……」

「……前って？　どこのことだ？」

「あっ……それ……俺のっ……」

「ちゃんと言ってみろ」

散々煽って、追い立てているくせして意地悪だ。

「んん…っ、あっ、それ……」

ぐりっと中で指を回して促され、パクパクと唇を動かすも、恥ずかしくて言えない。羞恥心が強すぎ、体がばらけそうにちぐはぐになる。

「や…っ、もう……イキたっ……い、もう……いくっ……」

戸原は、腹を打つほど反り返ったものに自ら手を伸ばした。

「ダメだ」

すぐさま取り上げられて、しゃくり上げる。シーツはもう冷たくなるほど濡れていた。こめかみを押しつけた枕元も、それから腰の下も。

「……泣くな、してやるから」

「あっ、もり…のっ……」

「次はちゃんと言ってくれよ？」

「んっ……あぁっ……」

戸原は『次』という言葉にも、過敏に反応した。杜野とこれからも抱き合うような関係になるのだと思ったら、心も体も喜びに切なく疼く。

濡れそぼった性器は、指を回されただけで先走りがつっとまた零れた。じゅっじゅっと音が立つほど前も後ろも擦られ、射精の瞬間は呆気なかった。勢いよりも溜め込んだ量のほうが多くて、どろりと零れる。

あろうことか、腹の下に突っ込まれたシャツがそれを受け止める。

薄いブルーの杜野自身のシャツだ。

「なんっ…で……」

「まだこれからだってのに、シーツがどろどろは嫌だろう？」

「あっ……待って、まだ……」

急くような動きではなかったけれど、埋まったままの長い指が、ゆるゆると中を擦り上げる。

「んんっ……あっ、また……」

弄られることを覚えた粘膜は、すぐにも新たな官能を芽吹かせ、戸原を悶えさせた。

初めてだった。萎えきらないまま、性器が再び勢いを取り戻していく。こんな恥知らずな体も、隅々まで嬲って可愛がられるような愛撫も知らない。

言葉でも、唇や指でも。

それから――

「んっ……」

長い指を抜き出されると、もの欲しげにヒクヒクと開閉を繰り返す場所へ、杜野は熱く猛ったものを宛がう。

舌や指でじっくりと解かされたアナルは、従順になって口を開けた。

杜野が入ってくる。

「……ゆっくりだ」

じわっと開かれるのが堪らない。

同じ男を受け入れているのだと、まざまざと感じさせられる。身を焦がすほどの羞恥と、杜野の質量に圧倒され、戸原は尻を掲げるだけで精一杯になる。

杜野のそれもぬるついていた。カウパーを塗りつけるように、時折引いては腰を深く入れ、寝室に響く荒い息づかいは二人分になった。

「はっ、はっ……あっ、あぁ…っ……」

両足ともガクつき始め、身を支えていられない。膝が崩れて突っ伏しそうになる。

戸原は目元をびっしょり濡らし、声も体も震わせながらも、健気なまでに繋がれたところを上向かせようとした。

杜野の大きな手が腰を強く掴む。

「杜野…っ……」

支えてくれるのだとばかり思った手は、ぐいと戸原の尻を押し、ズッと鳴るような感触で屹立は抜き取られた。

突然の喪失感に、戸原は戸惑う。

「杜野…っ、なんで……抜かなっ……いで……」

「……戸原？」

「きっ、気持ちよくない？　いやっ、嫌になった？　俺のこと……」

動揺のあまり本音がぽろぽろと零れた。求められるのは嬉しい。放り出されるのは哀しく、なにより堪えがたい。

「戸原、おまえ……」

身を反転させられ、ベッドへ仰向けにされた。どんなときも精悍（せいかん）な顔立ちをした男が、覆い被さりながら覗き込んでくる。

「後ろからのほうが楽だろうと思ってたが……ダメだ、顔が見たい」

「え……」

「嫌になるわけないだろ。おまえ、壊滅的に自信ないのな」

「自信なんて……」

自己評価は低い。そのくせ、プライドだけは人並みにあるから厄介だ。バーカウンターで澄まし顔をするには役立っているけれど、ベッドの上ではなんの役にも立たない。

「……杜野っ」

しっとりと唇が触れ合わさり、誤解は解けた。

キスに応える。舞い降りる男の唇を、戸原は上唇も下唇も代わる代わるに啄み、腰の奥へと這わされる指に吐息を漏らした。

口づけの合間に二本の指を飲み込まされ、熱を孕んだ体の奥まで震える。

幾度も角度を変えて互いの唇を味わいながら、指の腹で今しがたの部分を押し上げられると、すぐにまた官能が溢れた。

「……あっ、あんっ」

のぼせたように火照った顔を覗き込まれる。

「戸原……ここ、好きか？」

甘く響く、艶やかな低い声。

こめかみの涙の跡にも唇を這わされ、軽く身を竦ませつつも、自分でも驚くほど素直な反応が零れた。

「んっ、好き……あっ、気持ちいい……」

「そうか、じゃあ……俺のでも、いっぱいしてやる」

「……ぁん…っ」

「戸原はやらしいな。言葉だけで、すぐ想像して感じるのか」

「だって……おまえがっ……」

反論は言葉にならない。

両足を膝裏から抱えて開かれる。すべてを曝け出すような格好に、一層肌を色づかせたのも束の間、雄々しく張った切っ先を再び咥え込まされた。

深い。さっきの比ではないほど奥まで届く。

一息に穿たれていく長大なものに、ぴゅっと先走りが押し出されたみたいに零れた。

「あっ、んん…っ……」

反射的に顔を隠そうとすると、どかされる。

「見せてくれ、おまえを見ていたい」

「杜野…っ……」

「……力抜いてろ。もっと、そうだ……上手だ」

「あっ、やっ……そこ…っ、また……」

予告どおりにいっぱいそこを擦られ、今は触れられてもいない昂ぶりが、とろとろに蕩けて濡れた。

表情をつぶさに見られるのは抵抗があるけれど、ベッドへ背中を預けた体は楽だった。

すべてを委ねる。余計な力を抜いた戸原は、杜野の動きに合わせてゆさゆさと揺さぶられた。

シーツに肌が擦れる。頑なだった体の芯が解けていく。

「あっ、あっ……あぁ…っ……」

そこかしこの火照りに、どこまでも溶けてしまいそうだ。

初めてなのにひどく感じる。理由は、深く考えずとも判っていた。

惚(ほ)れた男だから。ただそれだけのことだ。

「……のっ、杜野…っ……あっ、気持ちいっ……いいっ、あっ、あっ、そこ…っ……いいっ……」

「そうか……気持ちいいな、俺もだ」

「いい…のっ……おまえ、もっ……？」

「ああ、戸原……たまんない」

聞くだけでぞくっとなるような、甘い掠れ声が返ってきた。感じすぎて濡れた目で仰げば、同じだけの熱を湛(たた)えて見つめ返され、戸原は思わず男の首に両手をかけた。

しっかりと抱き留められ、自然と笑みが零れた。

「よかっ…た……なぁ、もっとして？」

杜野の遠慮をすべてなくすようなことを言ってしまい、泣かされるのはほんの少し後。

強く腰を揺らされ、体の奥を甘ったるく捏ねられて――戸原は、か細い声を上げて果てるのとほぼ同時に、男の迸る熱も全部受け止めた。


ふと天井に掲げてみた手は、いつもどおりだった。

指は五本。ちょっと白すぎる以外は、透けても歪んでもいない。

「どうした?」

暖かな布団に包まり、隣でうとうとと眠っていた男が、気配に目覚めて問う。

「生きてる」

「えっ?」

「おまえとこういうことしたら、死ぬんだとどっかで思ってた気がする」

「男同士のセックスは命がけの域なのか……毒虫扱いは勘弁してくれ。『死ぬほど良かった』の間違いじゃないのか?」

杜野の言葉に思わず身じろいだ体は怠くて、自分の体じゃないみたいだ。戸原は寝返りを打って隣を睨むも、潤んだままの眸に目力はない。微笑まれてしまっただけだった。

誘い水になったかのように、顔が近づいてくる。

今夜覚えたとおりのタイミングで、目蓋を落とした。キスはうっとりと受けとめるも、裸の背をするっと大きな手が這い下りると、戸原は伏せ目がちになり睫毛を震わせた。

「だ、ダメだ、今日はもう……」

見れば杜野の目は笑っていた。

からかわれたらしく、ムッとする。

「悪い、戸原は可愛いなと思って」

「一人でそうやって余裕ぶってればいいよ。おまえは今まで、とっかえひっかえで経験積んできたんだろうから」

「とっかえひっかえって」

チラつかせてしまった卑屈なコンプレックスに、杜野はふっと真顔になって応えた。

「十年だからな。なにもなかったとは言わない」

ヘタに甘い睦言めいた言葉で誤魔化されるよりはよかった。正直な杜野らしいと納得しかけたところ、思いがけない名前が飛び出した。

「けど、花山と付き合ったりはしてない」

「え？」

「図書委員の。気にしてたんだろ」

道端で勢いで口にしたのを思い出す。

「あいつ……花山って言ったんだ」

「よく図書室にいたから、話すようになった。それだけだ。噂は知ってたけど、面と向かって訊かれてもないこと否定するのもおかしいかって……おまえが気にしてるとは思わなかった」

あの頃の自分は、なんでもない振りをすることに全力をかけていたのだから、杜野が気づけるはずもない。

「でも、なんでだよ。たぶん花山は……」

至近距離に枕を並べた男は、困ったように笑った。

気づいていたのかもしれない。杜野はマイペースな男ではあったけれど、人の気持ちに鈍くはなかった。

「しょうがないだろ、俺が惚れたのはおまえだったんだから。初めて好きになった奴は、そうそう諦めきれない」

「え……初めて?」

「入学式のときにガン見してきたのがいて、生意気そうな奴だなって思ったのがきっかけ」

「お、覚えてない。ガン見なんて俺してないし……あ、いや、デカい奴いるなって見てたかも」

視力が悪いせいで、遠くを見る際にしかめっ面になるのは昔からの癖だ。十年と言わず、それ以前からの悪癖が、まさかそんな誤解を生んでいたとは知らなかった。

そして、誤解の果ては――

「俺はデカいってだけで、おまえに惚れさせられたのか」

杜野は苦笑した。

「睨んでた奴が急に放課後話しかけてきて、『入れば』って何気に言ったら、図書室にひらって窓枠越えてやってきて……妙に懐いてくるし、ギャップにやられたっていうか……可愛いかもって」

シャーシャーと鳴いて牙を剝いているとばかり思っていた野良猫が、足元に擦り寄ってきたみたいな感じだったのかもしれない。

「じゃあ、昔帰り道に言ってた……」

杜野の強烈な初恋。否応なしで、気がついたらぐいぐい胸ぐら摑まれていたような恋愛が、自分だったのか。

始まりといい、喜んでいいものか判らない。

けれど、結果を思えば誤解も幸いに転じたように感じられるのは、今がどうしようもなく幸せだからだろう。

とろりとした眼差しでこちらを見つめる男。目蓋の重たげな瞬きをするのを目にした戸原は、頰を緩ませて笑った。

「杜野、眠いんだろう？　そう言えば、昼は会社勤めしてるんだって？　働き過ぎなんじゃないのか?」

「ああ……でも『クラウディ』では、息抜きもさせてもらってるし」

「仕事、なんで教えてくれなかったんだよ」

杜野は、『うーん』と微かに唸ってから答えた。

「後ろめたいからかな」

「え、俺に? なんで……」

「いや、親父に」

「え……」

家族の問題とは想像していなかった。

話しづらいのなら無理には訊き出すまいと焦るも、変わらない調子で欠伸を一つ挟んだ男は、寝物語で知るにはデリケートな話をした。

「昔、俺は親父に家を追い出された。おふくろが離婚を切り出したとき、親父は怒って家財道具整理するみたいに一切合財、俺ごと追い出したんだ。そのくせ、おふくろが再婚するってなったら、今度は連れ戻しにかかって……会社を赤の他人に任せたくないからって」

起業で成功するような類まれな才能の持ち主が、人格者とは限らない。むしろ、独善的に振る舞う人もいるだろう。

父親としても。

「おかげで俺は、杜野になったり本宮になったり。まぁ、今は納得して働いてるんだけどな……気にしてるんだ、あの人」

「でも……だったら、後ろめたいのはお父さんじゃないのか？」

「それ知ってて、『金貸してくれ』って言い出した俺のほう。あの人が、断れないのにつけ込んだ。だから、『クラウディ』は残せてよかったけど、あんまりオーナーとして胸は張れない」

杜野は緩く笑い、目蓋を軽く閉じて言った。

「人なんて、そうそう完璧になれるものじゃないな。俺も、親父も」

それを言うなら、自分こそ同じだと戸原は思う。

同意する代わりに、呼びかけた。

「一樹」

今にも眠ってしまいそうだった男が、跳ね起きるように目を開ける。間接照明の明かりにも、澄んでいると判る黒い眸。

「戸原、今……」

「杜野でも本宮でも、『一樹』は変わりないだろ？　名前ならずっと同じだと思って」

目を細めて嬉しげにされると、途端に照れくさくなる。

「嫌なら止めるけど」

「呼んでくれよ。それから……寝酒に飲みたかったな」

「え？」

「おまえの作ったマティーニ、飲み損ねたのを思い出した。客のオーダー飲み干すとかありえなくないか？」

恨みがましく言われて、「えっ」となる。

どう考えても、あの瞬間は杜野は酒のことなど二の次で、適当に注文したとしか思えなかった。

「とりあえず、じゃなかったのか？」

「とりあえずだよ。俺はバーなら一杯目はマティーニにしてる。辛口の酒が好きだし、バーテンダーの腕も出るから面白い」

バーをよく知らないゆえのカクテル選びではなく、知っているからこその『王様』。

『カクテルはマティーニに始まり、マティーニに終わる』なんてよく言ったものだ。

「先入観はよくないな。また改めて店に来てくれよ、一樹」

肘をついて軽く身を起こし、『ははっ』と笑った戸原は、真顔になるとカウンター越しではない男に言った。

「次のご注文も、どうぞマティーニで」

バーテンダーの恋人はチェリーがお好き

いつも日の光に一度は目が覚める。

深夜まで仕事の戸原は、代わりに朝は遅くまで寝るはずが、カーテンを閉じていても漏れ入る朝日に起きてしまう。

今朝は不思議とそれがなかった。ぼうっと目蓋を起こせば、窓からの光を遮る大きな影。そもそも、自分の部屋でさえないという現実。

――わぁ。

心の中で、自分らしくもない声を上げた。

杜野の部屋に泊まったのを思い出した。

昨日は外食の約束をしていたけれど、会ってすぐに杜野に仕事の呼び出しがかかり、戻るまで待つことになった。預かった鍵で部屋に侵入……いや、澄まし顔で入り、ツマミにもなる夕飯を作ったりしつつ。

まるで恋人みたいだ。

――恋人なんだけど。

付き合ってひと月半ほど。もう泊まるのも初めてではないのに、一つのベッドで眠る男の寝顔を見ても現実味がやけに薄い。

長い夢のほうが、まだ腑に落ちるくらいだ。十年近く会っていなかった男と再会、誤解もコンプレックスもするする……とまではいかなくともどうにか解けて、行きついた先がコレなんて。

大海原に流したはずのボトルメールが十年、二十年かけて戻ってきた人の気持ちは、こんな感じだろうか。

まさかという驚きと、戸惑い。

手元に戻ったガラスボトルでも日に透かして眺めるように、戸原は窓からの淡い逆光を浴びた男の寝顔を見つめる。

目鼻立ちはそう大きく変わるはずもないのに、しっかり大人びて見えるから不思議だ。よく見れば眉尻に小さな黒子。こんなところにあっただろうかなんて、降りた前髪の隙間に覗く黒い点を眺めていると、不意に唇が動いた。

「そろそろ目、開けてもいいか?」

寝言ではない言葉にひゃっとなる。

「おっ、起きてたのか?」

「いや、薄目開けたらおまえがじっとこっち見てるから、なんか起きづらいなって」

「う、薄目じゃなくて、ぱっちり開けろよ。開けるなら開ける、閉じるなら……」

言葉どおりパッと開いた杜野の目に、今度はドキリとなった。

眸(ひとみ)の距離があまりに近い。

「お……おはよう」

「おはよう」

学校みたいな挨拶だけれど布団の中。

もう真冬で一月の終わりだ。なのに、エアコンが切れていても二人分の体温で温かい。それこそ、暖房いらずだった教室のように。

「よく眠れたか?」

「まぁ……枕変わったわりには。デカいおまえが日除(ひよ)けになってくれてるし」

「日除けって」

「うちにいるとき、朝は眩(まぶ)しくて目が覚めること多いから……その……」

セミダブルのベッドは男二人でも狭くはないけれど、広くもない。直視するのも照れてしまうほどすぐ傍(そば)に顔はあるのに、なおも杜野は近づいてくる。

真顔のまま重なった唇に、また頭の中が『わぁ』となった。古今東西、キスと呼んでいる行為だ。戸惑う間にふわっと離れてしまったかと思えば、もう一度。

軽く確認するように見つめ合ってから、杜野の唇はまた戻る。

何度も柔らかく戸原の唇に触れ、幾度かチュッと音も響いた。

――なにこれ。

朝から甘い。脳まで蕩(とろ)けそうに甘いフレンチトーストが、目覚めと共に問答無用で出てきたみたいだ。

「……んっ」

湿った唇を捲(めく)られ、条件反射で歯列を緩める。杜野の舌はやや厚ぼったく、体温が高い。ゆるゆると中で掻(か)き回されると、粘膜が溶かされるような感じがして、『じっとしてほしい』と吸いついてみる。

抗議とは到底理解されず、キスは一層深くなった。

「……っ、ん……ぁ……」

頬を包み込んでくる大きな手のひら。フレンチトーストから、アルコール入りのモーニングカクテルへと移行したみたいな口づけ。ぎゅっと目を閉じた戸原は、いつの間にか酔いしれた。

体が火照るような酩酊(めいてい)感を覚える。

甘い。どこまでも甘くて、変になる。

「……ぁ……」

吸ったり絡ませたりと、味わっていた舌を抜き取られれば、喪失感に変わった。

「どうだ、『日除け』とのキスは？　悪くないだろ？」

「ば、バカ……」

「苑生(そのお)」

低い掠れ声で呼ばれ、昨日の晩の記憶が甦る。

杜野はきっちりベッドの中でだけ名前で呼ぶようになった。なんのつもりの線引きだ。おかげで祖父のつけた名に、変なスイッチが入るようになってしまった。

──今も。

「一樹……あー……その、えっと……」

「どうした？」

スイッチは入ったものの、そこから先をどうすればいいものか判らない。もじもじした反応になる。

目が合った男は、答えを教えるようにするっと戸原のパジャマに手を這わせた。

「あっ、ちょっ……」

「違ったか？」

「ち……がわない、けど……」

軽く摩られたボトムの中心は、もう後戻りが難しいほど膨らんでいる。『キスだけで』『朝っぱらから』と頭をグルグルさせる間にも、すりっと指の背で服の上からなぞられ、ビクンとなった。

くすぐったい快感が触れる傍から生まれる。

「い、一樹…っ……」

借り物のパジャマは穿(は)いたときから大きすぎ、心許(こころもと)なかった。杜野の指先が軽くゴムのウエストにかかっただけで、戸原の身を覆う役目を放棄する。弱すぎにもほどがある。

下着まで捲(まく)ってずり降ろされ、腰が引けた。

「このままは辛(つら)いだろ？　嫌か？」

「いっ、嫌じゃ……ないけどっ」

「だったら逃げるなよ。腰、ほらもっとこっち」

「つ、突き出せってこと？」

男の手がぴたりと止まった。

「……いいな、それ」

二十八歳にして初心者。恋愛もセックスも。

覚束(おぼつか)ない戸原は、なにが正しいのか判らない。どうして急に杜野の声が、情欲を孕(はら)んだ低い声音に変わったのかも。

煽(あお)った自覚など一つもなかった。

「あっ……まっ……」

触れるほど上向く先端をくるくると指がなぞり、反射でまた腰が逃げそうになる。

「苑生」

叱咤(しった)するような声音で名を呼ばれ、戸原は顔も頭の中も熱く火照らせながら、下腹部を迫(せ)り出した。

　大きな手へと軽く押しつける。

　淫らな欲求に体ばかりが素直だ。

「い、一樹……」

「……じっとしてろ、ちゃんと気持ちよくしてやる」

　耳朶を掠める唇に、耳奥に響く低い声。それだけで、軽く指を回されただけの性器がヒクヒクと跳ね、泣きたいほど恥ずかしい。

　朝なのに。朝から、こんなこと——

「……ひ…ぁっ」

「逃げるな……ここだろ？　もう覚えた」

「……ぁ、や……や、そこ…っ……」

「感じるか？　とろとろになってきたな、苑生、逃げるなって……ほら、気持ちよくなりたいんじゃなかったか？」

「んっ……」

「どうするんだ？」

「あ…っ……い、一樹…っ……もう」

——逃げるな。

逃げたら駄目だ。

甘いのも幸せを得るのも案外簡単で、ただ一つの条件は素直に求めることだと、最近学んだ。

「んっ……あ…ん…っ……」

戸原は啜り喘ぎながらも中心を突き出し、男の大きくて、存外に器用に動く手指にすべてを委ねる。浮かべた先走りまでをも塗り広げるよう動かされ、すぐに卑猥な音までもが響き始めた。

枕の上の顔は、もう耳の先まで真っ赤だ。

真夜中とは、なにもかもが違う。光る窓の向こうからは、そこはかとない人の活動の気配。マンションの上階で道路は遠いはずが、ベランダ伝いで勢いよくパンッと鳴った音にビクリとなる。

「とっ、となり…っ……」

「ああ、奥さんが洗濯物でも干してるんだろうな」

「一樹っ、ちょっと……あ、だめ……今した、らっ……ダメ、だって……」

人の気配に手を緩めるどころか、悪戯な指はきゅっと幹に絡みつく。やんわりとした扱きまで愛撫に加わり、戸原は一溜まりもなく悶えた。

ただでさえ腹に当たりそうなほどに昂っているのに、射精を促す動き。他人に触れられるのも杜野が初めての身には刺激的すぎる。

唇からは吐息が間断なく零れた。

「ふ…っ、ぁ……も…っ……一樹っ……ほ、ホントにやばい……からっ……」

「ヤバイってなにがだ?」

「ん…っ……しっ、シーツ、汚れる」

「汚れるほど出すつもりなのか?」

「ちがっ……そうじゃな、けど…っ……もう、ホントに…っ……」

「うちも洗濯すればいい……一緒にベランダで干そう」

「そういう問題、じゃなくて…っ……ぁっ、ま…っ……だめ、ダメだっ……て、ほんとっ、いつき…っ……出ちゃう……」

口元を覆った指にチュッと唇が触れた。

悶える戸原が可愛くてならないとでもいうように、杜野は指や額や、赤くなった頬にも小さなキスをいくつも降らせる。

「……出せばいいだろう? 我慢は体によくない」

唆す男の低い声に、戸原はふるふると首を振った。

「……え、声…も…っ……我慢、できな…い…っ……」

涙目の懇願にも男の右手は大人しくなる気配もなく、啜り泣くような声を漏らす。

視界が不意に暗くなった。杜野の一方の手に頭を抱かれ、引き寄せられた戸原はスウェットの胸元に飛び込むように顔を埋めた。

「これでいいだろ、苑生？」

吐息はくぐもり、微かな響きへと変わる。

触れ合う男にだけ聞かせる淫らな息遣い。感じやすいポイントを中心に刺激されると、いつも駆け上がるのは早い。

「……んっ……ふ…ぁっ……」

じわっと満たしていくように、快感が広がる。腹の奥まで浸透したみたいに疼いてぐずつき、次第に自らも腰を揺らめかす。前後に、規則的に。

夢中で動かすうちに熱が籠り、布団を捲られたことにも戸原は気づいていなかった。

「……ぁっ……あっ……い、いい……一樹……ぁっ、あっ、あっ……も…ぅっ……」

「……イキそうか？　出せるか？」

「んっ、んっ……そこっ、あっ、もっ……ぁっ、あっ……もうっ、あ……あ…ぁっ……」

せり上がる熱いものに、眦まで濡れてくるのが判った。

「……ぁっ……ぁぅ……出る」

杜野の手を白濁で濡らした。

荒い息遣いに肩まで揺れる。気づけば呼吸も苦しく埋めた胸元から顔を起こすと、じっと見つめていた男と目が合った。

「……可愛いな、苑生は」

髪に埋まる男の唇を感じた。

「可愛いよ」

——いつから。

いつから杜野はこんな甘い言葉の言える大人になったのだろう。昔は口数も少ない、マイペースと真面目が制服を着ているような男だったのに。

もちろん、それが嫌だというわけではなく。

「……苑生」

ヒクヒクとまだ震えている先端を優しく摩られ、戸原は啜り喘ぎながら腰を前後させる。ゆったりと扱かれ、促されるまま残滓（ざんし）まですべて男の手に溢（あふ）れさせた。

——知らなかった。

こんな幸せが存在するなんて。

「……シーツ、洗わなきゃな」

零れたのだろう。笑う男の顔にさえ魅入られ、うっかり腰砕けだ。

「おまえのせいだろ、おまえが……」

「俺のせいか？」

「そうだよ……う、巧（うま）い……から」

尻すぼみの声に、杜野はすぐそこにある目を瞠らせた。フッと小さく噴いて笑い、嬉しげに額に唇を押し当ててきた。

「巧かったか？　そりゃよかった」

「ど、どこで覚えたんだか」

「おまえみたいに禁欲してなかっただけで、年相応の生活だ。なんだ、嫉妬してくれてるのか？」

「バカ、ただの客観的な意見で……」

唇がそのまま鼻筋を降りてくる。湿ったままの唇に吸いつかれ、「んっ」とまた微かに鼻にかかった声が出た。

吐精の余韻の抜けないぐずついた体が、淡い熱を帯びる。そこに火種でも残っているかのように、体の奥が蠢いた気がした。

「一樹……」

さっきまで顔を埋めていたスウェットを揺すろうとして、急に半身を起こされ驚く。

「そろそろ起きてメシでも食うか」

「え……」

「洗濯が先か？」

「……じゃなくて……お、おまえは？」

戸惑いのままに問う。杜野もすっかり兆してその気になっているのは察していた。

返事は困ったような笑いだ。あと、頭への軽い衝撃が二回。苦笑いした男はポンポンと子供でもあやすみたいに戸原の頭を叩き、なんでもない口調で言った。

「俺はいい。おまえに触られると我慢できなくなりそうだからな」

「べつに我慢しなくても……ゆ、昨夜も一回しかしてないし、その……」

自分だけ一方的に気持ちよくしてもらっては落ち着かない。

杜野からは、なにもかも包んでしまい込むような微笑みと軽いキスだけが返ってくる。呆然となる戸原は、半端に頭を擡げた姿勢のまま硬直した。

「最初んとき二回したら、おまえキツそうだったろ？　朝起きたらガクガクで、腰抜けてたしな」

「けど、もうだいぶ慣れたし」

「お、言うようになったな。男同士のセックスは命がけなんじゃなかったのか？　あんなに嫌がってたくせして……」

「からかうなよ、俺は本当にっ」

ふっと杜野は真顔になった。

「悪い。俺のほうが判ってんだから、考えてセーブすべきだったのにな」

このところずっと、当たり前に週に一度未満、一回のみのセックスだったのは偶然ではなく、どうやら意図してのことだったらしい。

「そんなの、べつに……我慢は体によくないってさっき言ってたのは？」

「それはおまえの話な、無理するな」

また頭を叩かれた。

いや、優しく撫でられただけにもかかわらず、違和感が鈍い痛みに変わったような気がした。

——おまえと俺にどんな違いがあるのか。

込み上げるように芽生えた思いは、言葉の形を成す前に、シャッと音を立てて開けられたカーテンにかき消される。

眩い朝日に目を瞬かせずにはいられない。

目覚めたときとは比較にならないほど強い逆光を浴びた杜野に、海の上を漂うガラスボトルをまたぼんやり思い出した。


十年、棚に大人しく並べられていただけのボトルと、波も風もある大海原に出たボトルでは、当然輝きも手触りも異なるものだろう。

夜、『9』のバックバーに向かった戸原は、選び取ったリキュールのボトルをふと見つめた。

異動先の姉妹店の『ロッソ』から『9』へと戻ったのは半月ほど前だ。ホスト紛いの接客が問題だったバーテンダーの以崎が、階段から落ちたことによる骨折がきっかけで辞めた。

女性客と揉めての怪我だったのがオーナーの不興を買い、実質クビだ。正直ホッとした。夜な夜なカウンターで繰り広げられるバーテンダーにあるまじき色恋営業には、澄まし顔でいるのも限界がきていた。

あっちもこっちも人手不足。新人だらけにならないよう戸原は『9』に舞い戻り、今夜も店先に看板を出しては、カウンターでシェーカーを振っている。

客たちの会話の間を埋める、心地よいメロウなジャズの響き。ダウンライトの光を浴び、品のいい輝きを放つ戸原の首元のレップ織りのネクタイ。ほどよくタイトな黒いバーテンダー服も変わりなく、もはや様式美の世界だ。

「この店、女性客多いから回すの大変ですよね」

新入りの内野の声にハッとなる。カウンターに戻ると耳打ちしてきた。

「あ……まぁ、そうかな」

女性は見た目に凝ったカクテルを好む傾向があり、同じものも注文しない。何杯も同じオーダーを繰り返さないのはもちろん、グループ客でカクテルが被るのも嫌う。

どういう心理か、女性にとってカクテルは服のようなものなのか。

間違っても、「モスコミュール四つで！」なんて注文は入らない。グラスからベースのリキュール、果てはデコレーションのフルーツまで違い、被らないよう駆使してるとしか思えないときすらある。

「すぐ慣れるよ」

新人の愚痴っぽい囁きにも、戸原は談笑でもしているかのような微笑みを浮かべ、並べたグラスにウォッカを注ぎ始める。

四つともベースがアブソルートウォッカだ。

「それ、どうやってオーダー揃えたんですか？　奥のテーブルですよね？」

年代もバラバラの女性四人のグループだ。

「ん、ちょっとお喋りをね。北欧系のウォッカについて訊かれたから語らせてもらったんだ」

ベースが同じなだけでも、スピードアップする。しかもシェーカーを使わないロンググラスのカクテルばかりだ。

さり気なくオーダーが揃うよう仕向けた——否、興味を示してもらった。

「女性のお客さんはよく話を聞いてくれるし、それに助かることもあるよ」

「……ああ、確かに」

チラと目線を左奥に向けただけで、学生時代から居酒屋などでバイトをしてきたという男には通じたようだ。

レストルーム。女性は泥酔も飲みすぎてトイレに籠るような客も少なくて助かる。オーダーのちょっとした手間は、トイレ掃除に比べたらバーテンダー冥利に尽きるくらいだ。

「七番ですね」

トレーにグラスを並べ、内野はすっとまたフロアに運んで行った。

気の利く新人で助かる。

まだ空いた時間で客は少ないけれど、フロアにUの字に伸びたカウンターには、馴染(なじ)みの常連客もきたところだ。

「お待たせしました。マンハッタンです」

戸原は、艶やかな黒のカウンターテーブルに、カクテルグラスを差し出す。

目配せ一つで出てきた『いつもの』カクテルに、浅井(あさい)はどこか白けた眼差(まなざ)しを向けつつ零した。

「結局、ここに戻ってきてしまうのよね」

以前は出張帰りに駅からタクシーでかけつけるほど贔屓(ひいき)にしてくれていた浅井は、秋からしばらく店に来ていなかった。

戸原がプライベートで客にはけっして会わず、店では調子を合わせているだけだと知ってからだ。

気を悪くしたのだろう。もうこれきりかもしれないと感じていたところ、年明けからふらりとまた顔を出してくれていると知り、ホッとした。

「来店していただけて嬉しいです」

「また〜」

「本当です。店の雰囲気にしろ、カクテルにしろ、なにかしら浅井さんが気に入ってくださってる証ですから」

「……まぁね。気に入ってなきゃこないわね」

ファーのついたラウンドネックのカットソーの浅井は、夕日にもたとえられる琥珀色のカクテルに満たされたグラスを掲げ、ふっと微笑む。

「なんだかんだ言っても、このお酒もチェリーがないとマンハッタンにならないのよね」

「どういう意味でしょう?」

「甘口のアメリカンウイスキーにスウィートベルモット。甘味も充分、お酒としても完成してるはずなのに、この砂糖漬けの赤いチェリーが沈んでないとマンハッタンって感じがしないの」

ピンに刺したマラスキーノ・チェリーを揺らしつつ、浅井は言った。

「このお店もね。チェリーと同じよ」

「チェリーと?」

「カウンターにあなたがいないと、『9』にならない」

行きつけのバーとして完成しないということか。

これ以上にない賛辞だ。

「ありがとうございます。僕も浅井さんがカウンターに座ってくださらないと、戻ってきた気がしませんね」

「また〜」

多少大げさかもしれないけれど、本気だった。目を合わせた彼女はふふっと笑い、戸原も笑みを零した。

口当たりのいい会話を楽しむのも、バーの醍醐味の一つだ。

いつもの夜が戻ってきた。

表の喧騒から切り離され、止まったように時のゆったりと流れる夜。窓のない店には昼も夜も、真夜中すらもなく。接客の合間を縫って、戸原は思い出したように時折外へ出ては、歩道のズレやすい看板の位置を調整する。

スンと吸い込む真冬の夜気は、鼻の奥をツンとさせ、今夜も通りの向こうの店が目についた。

ゲイバー『クラウディ』。杜野は来ていないようだが店の賑わいは変わらず、冬だというのにテラス席からこちらまで弾ける笑い声が届く。

「元気だな……」

戸原は目を細めた。

——いつからだろう。

以前と違う意味で見ていることに気がついたのは。

自身も同性愛者であると認め、受け入れると決めた今、歪(ゆが)んだ羨望からの苛立(いらだ)ちはない。ただ純粋に興味を引かれる自分がいる。

四車線の道路なんて渡ればすぐなのに、遠い沖合の島でも眺めているような気分でいる。

バイトも辞めてしまい、店に行く理由がもうないのが残念だった。


木曜日。休みの夕飯はコンビニ飯ですませることにした。

正しい独身男の怠惰な休日だ。ただし、自宅から距離のあるコンビニを選んだこと以外は。

帰りもわざわざ遠回りし、最短距離の信号が青なのも無視して、戸原は開店したばかりの『クラウディ』の前を通りかかった。暖かなオレンジ色の明かりに満たされた店内を、疎(まば)らなお飾り程度の垣根に身を潜めて窺(うかが)う。

まるで覗きだ。ダウンジャケットでやや着膨れした身は隠しきれない。

グラス片手に中からテラスへ出てきた男と、バッチリと目が合った。

「あら」

男――いや、無理でもここは『女』と呼ぶべきなのか。

いつ見ても迫力の女装のアカネだ。ファーコートからタイトなレザーのミニスカートを覗かせている。

筋肉質な足は締まっているといえば聞こえがいいけれど、ストッキングに包まれていてもいなくても目のやり場に困る。

――意識した時点でもう負けな気がする。

「久しぶりに見る顔だわ～」

「……き、奇遇ですね」

不審者にしか見えない覗きをしながら、奇遇もなにもないだろう。

「まぁ立ち話もなんだし、入ったら？」

アカネはいつかのように手招きした。

戸原は『呼び止められて仕方なく』という体を誰に向けてか判らないまま保ちつつ、アカネと一緒にテラス席につく。

「寒いのに中で飲まないんだ？」

「無粋ねぇ。キンキンに冷えた冬空の下で飲むから美味しいのよ、ホットワインは」

それは夏空の下の冷えたビールの冬バージョンかなにかか。チラと仰いだキンキンの夜空とやらは、曇っているのか街中のせいか星一つ見えない。

くしゅんと一つクシャミをした戸原は、近づいてきたウェイターに「同じものを」と注文した。

「久しぶりですね、戸原さん」

以前からいるバイトの若い男だ。軽い挨拶にすかさず言い訳を繰り出す。

「あ、うん、おつかれさまです。偶然コンビニ行った帰りに通りかかって……そうだ、スモークチキン！　食べたいとずっと思ってたんだ、それでつい」

男は「気に入ってましたもんね」とオーダーを受けて店内へ引っ込み、待ち構えたようにアカネが突っ込んできた。

「家、この近くだっけ？」

「徒歩圏内だよ。十分くらいかな」

「まぁまぁの距離じゃない。家の近くにコンビニないの？」

「こっちのほうが品揃えがいいし」

「ふうん、なのにスモークチキンに飛びついちゃったわけね〜」

「気が変わるときだってある」

「いっちゃんなら来てないけど？」

不毛な会話の終着点は、オアシスが待っていたりはしなかった。戸原は草木も生やすまいと、表情を変えないまま答える。

「べつに杜野に用があってきたわけじゃない」

一ミリだって突っ込む余地はないはずの模範回答に、アカネは赤く色づいた唇を綻ばせた。

「そうだったわね〜わざわざこの店で会う必要ないものね」

マスカラで盛られたかまぼこ目は、どうにも笑っているようにしか見えない。

なにか知っているのか。

杜野には口止めをしたわけではないから、付き合い始めたとうっかり話してしまった可能性もある。

「それってどういう……」

問い質そうとして、店内から漏れ聞こえた『いらっしゃいませ』の声にピクンと反応した。

元バイトの悲しい性だ。

ガラス越しに新しい客の姿が見える。仲睦まじく腕を組み、じゃれつきながら現れたのは、戸原がいた頃にもよく来ていたカップルだった。

もちろん男と男。

「ああ、あの子たち。すぐ別れるかと思ってたけど、意外と持ってるのよね～同棲も始めたらしいし」

アカネとは関わりのなさそうな客だったけれど、やけに詳しい。常連同士、おのずと知れることもあるのか。

「気になる？」

じっと見ていると、アカネは頬杖を突きつつこちらを窺ってくる。

「べつに、ただ……」

「なぁに?」

「……ゲイってさ、付き合ったらそんなにオープンにするもの? 普通にしてたらバレずにすむのに」

「そうねぇ、わりとオープンかもね。表でカミングアウトしてない人は、馴染みの店でくらい隠し事はナシでって思うんじゃない? 秘密ってバレてもバレなくても、ストレスなものよ〜」

「そういうもんなんだ……まぁ、そうかも」

秘密のくだりは、戸原も身につまされるほどよく判る。

「それに、オープンにしておいたほうがなにかと楽だし」

「楽?」

「虫除けにもなるでしょ。フリーってことにしとくと、浮気だの横取りだの火種も増えるってもんよ。ゲイバーでは惚気てるくらいでちょうどいいのかもね」

「……なるほど」

思わず『勉強になります』とでも口走りそうな勢いで頷いてしまった。

——自分も馴染めるだろうか。

なんて眼差しでつい店内を見る。アカネの視線が、店ではなく自分に向き続けていることも気づかないまま。

ガタリと椅子が鳴った。

「アカネさん?」

「やっぱり寒くなってきたわ」

「えっ、俺まだホットワインが来てないんだけど」

「中で飲めばいいじゃない」

「キンキンはっ⁉」

「ワインなんてどこで飲んだって一緒よ～バーテンさんは細かいんだから。ほら、仲間に紹介してあげる」

組まれた腕より、言葉にびっくりした。

「仲間って……」

中に入ると、「あれ、三メートルくん?」と見知った客の視線を浴びる。

ホモフォビアなノンケの振りで根づいた妙なあだ名は、どうやら健在だ。今や同性愛者を毛嫌いして距離を取るどころか、輪に入れないものかとチラチラ見ているも同然だというのに。

「ちょっとそこでナンパしてきちゃった。彼、もうバイトじゃないから、座らせてあげて」

「って、三メートルは?」

「いいのいいの、ね?」

「あ……う、うん」

戸原はぎこちなく頷きつつ、アカネの示した壁際の作りつけのソファ席に座った。まるで借りてきた猫だ。上着を脱いでも行儀よく背筋をピンとさせる。隣席には、戸原の存在に緊張感を張らせた人物もいた。

隣のテーブル客の一人は、手島だった。

『9』に来ていた頃と同じスーツ姿で、トニックらしき薄そうな酒をちびりと飲み、気まずそうに声をかけてくる。

「あー……どうも」

「どうも。今日は手品はやってないんだ？」

「あれはもうやめた」

「そっか……なんていうか、元気そうでなにより」

ツンと澄ました風な声になってしまったけれど、べつに騙されたのを根に持っているわけではない。弾ませる会話がないだけだ。

隣でまた声がぼそりと響いた。

「そうでもない」

「え？」

「たいして元気じゃない。気に入ってた店を出禁になっちまって、美味い酒が飲めなくなったからな」

「酒って……」

『9』のことか。

『出禁』を言い渡したことなど、すっかり忘れていた。こちらを向いた男はバッと身を乗り出し、赤いレザーシートに両手をつく。

「なぁ頼む、解除してくれねぇか？」

「え……」

「出禁だよ！　もう手品も嘘もナシ、あんたのカクテルがまた飲みたいんだ。『いつもの』で俺好みの美味い酒が出てくる店……いや、出してくるバーテンはあんただけだ。ここでまた会ったのも絶対なにかの縁だろ？　なっ？」

なにかではなく、アカネに引っ張ってこられたからだけども。

戸原は身を引きつつも、頷いた。

「い……いいけど」

頭を下げてまで求められ、バーテンダーとして気分は悪くない。

パラパラと拍手が響いた。周りの客たち、アカネも含めた八人余りが、よく判らない顔をしつつも二人の和解に祝福を贈る。

――なんだ、この空気。

妙に温かい。一回りも二回りも自分よりもガタイのいい男たちが、うっかり気の優しいナイスガイの集まりに見えてくる。

「へぇ、三メートルくんって、本職はバーテンなんだ？」

「その三メートルってのはもう……」

「名前なんだっけ？」

「戸原です」

「下の名前だよ。俺らに他人行儀に名字で呼べっての？」

――他人ですけど。

かつての自分なら冷ややかに言い放ちそうな言葉は、戸惑いの瞬き一つですませた。

もしかして、空気が妙に温かくも和らいで映るのは、自分の見る目が変わったからか。

「あ、もしかして警戒されてる？　呼び方変えたって、バリバリのノンケくんには違いないもんなぁ」

「そっ、そういうわけじゃ……俺はべつにバリバリってわけでもなくて、全然もう」

『ノンケ』は卒業しましたなんて、軽く自己紹介ついでにする話でもないだろう。曖昧に言葉を濁すも、男たちはからかい半分で食いついてくる。

「そういや、前はツンツンしてたのに、なんか丸くなったっていうか……緊張しちゃって、カワイイ」

「えっ、もしかして脈あり？　芽吹いちゃった？」

「だいたいこっちにデビューしたばっかりの新人くんって、こんな感じだもんな。借りてきた猫みたいっていうか、生まれたての小鹿ちゃんって感じの……」

カラカラとした弾む声から一転、低い声が響いた。

「そんなわけないだろう」

ビクリとなって戸原は仰ぎ見る。黒いコート姿の長身の男が、なにか間違いでも見つけたような顔をして傍らに立っていた。

会社帰りの杜野だ。

「一樹……おつかれ」

「戸原、どうしたんだ？　なんでおまえ店に」

「え……なんでって、今日休みで近く通りかかったから。いいだろ、元バイトがバイト先にちょっと顔を出すくらい」

「ちょっとって感じじゃないけどな。なんでそんなところに座って……」

不快感も露わな声にドキリとなる。

アカネが飄々と口を挟んだ。

「はーい、私が誘いました。ちょうどいいじゃない、いっちゃんからみんなに紹介したら？」

戸原と手島の間のスペースに、アカネは有無を言わさず杜野を座らせた。男一人増えるには無理のある空間に、体は密着しまくりになる。

「紹介って、そんな今更改まって……」

「あら、改まって言いたいこともあるかと思って」

「いいね、聞きたいね。場合によっては、俺らも親しくする用意があるし……あ、仲間が増えるのは歓迎って意味で」

「……どんな歓迎だかな」

声を弾ませた男たちに対し、杜野のほうは素っ気ない反応だ。

戸原は密かに心臓を躍らせていた。

熱々のフライパンの上で跳ね躍るポップコーンの心境か。

並び合った距離は、まさに恋人同士のそれだ。『馴染みの店でくらい隠し事はナシ』などという、アカネの言葉まで頭の中で軌道が定まったかのようにクルクルと回り始める。

瞬きの時間さえ、長く感じられる緊張感。

それがジェットコースターの頂点みたいなものだと判ったのは、杜野の声が淡々と響いてからだった。

「彼は戸原苑生。俺の高校時代の同級生だ」

頂点まで到達すればあとは急降下。視界に眩しく開けた青空は、心臓がひゅっとなるような

思いと共に失せる。そういえばジェットコースターはいつもそうだ。

だいたい散々ゲイを毛嫌いしておいて、今更仲間に入ろうなんて虫が良すぎる。

付き合い始めたからと言って、杜野は『クラウディ』に誘うことはもちろん、カミングアウトするつもりもないらしい。

「悪いな、今日はこんな格好で」

視線を感じた男が、テーブルの向こうでビールジョッキを傾けようとした手を止める。

戸原は現実に返った。

「ぜ、全然。こっちこそ、仕事帰りに付き合わせて悪いな」

杜野は今夜も仕事帰りのスーツ姿だ。

日曜日。戸原は休みながら、杜野は新規オープンのレストランの準備で、週末も忙しそうにしていた。最近は関西への出店に力を入れているのだとか。

忙しい中でも時間を作ってくれるのは、正直嬉しい。

「なに言ってんだ。おまえと飯食うくらいの楽しみがないと、日曜まで働いてられるか」

疲れを滲ませず笑う杜野に、つい『男前だな』なんて何度目だか判らない感想まで抱く。

今日はもう二度目だ。まずは軽く待ち合わせの際、周囲の人の視線を集めながらやってきた姿に『うっ』となった。主に女性の熱い眼差しで、恵まれた容姿ゆえなのは明白だった。

スーツにロングコートの長身は、日曜でなくとも目立つ。

飾り気のない揃いの制服姿だった昔は、そんなこともなかったのに。

「店の予約ありがとうな」

ジョッキに半分隠れた顔がそう言って動くのを、つい覗き込むように見てしまう。

「戸原？」

「あ……なんか変な感じだな。おまえと居酒屋なんてさ」

炉端焼きが評判の店は、ざわついた飲み屋の空気ではなく、デート使いのカップルも目立つ落ち着いた大人の店だ。

高校時代は食事といったらファストフード。頑張ってもファミレスで、アルコールはもちろんコーヒーも飲んでいるところを見た覚えのない関係から、随分飛躍したと言える。

「そういえば、杜野は昔は冬もコーラだったよな」

「今は考えただけで凍（ここ）える」

「はは、ビールだって似たようなもんだろ？」

戸原もグラスビールだ。

バーテンダーにとっての『とりあえずビール』は、仕事を思い出さずにすむ無難なオーダーでもある。どこで飲んでも同じ。『この店の水割り酷（ひど）いな。ワン・ショット三十もないだろ』とか、『ワインの輸入業者（インポーター）どこだろ。くっそ、うちも営業来てくれないかな』なんて、余計な感想を抱かずにいられる。

「戸原、今日は昼はどうしてたんだ？」

平穏無事のはずが、杜野の問いにグラスの泡が余計に上がる。

手元が大きく揺れた。

「起き抜けは食欲ないから軽めに」

「いや、昼飯じゃなくて、なにしてたのかって」

「ああ、そっちな」

ランチでもそれ以外でも、他愛もない質問のはずだ。

「掃除機……かけたり、風呂掃除したり、窓ガラス磨いたり……」

「掃除ばっかりじゃないか」

「まぁ、そう……かな」

「休みに一気にやりたくなるのはわかるけどな。俺もだいたいそんな感じだし」

掃除以外のこともやるにはやった。ただそれが、料理がくるまでの間を埋める『他愛もない質問』の返事に相応(ふさわ)しいとは思えないだけだ。

ガラス磨きの後は、杜野が寄るかもとベッドのシーツを替え、そもそもゲイはどんなデートをしているのかスマホで調べるうち、セックスは一夜一回で本当に適当なのか、二回目の誘い方はあるのか、二回だともしや性欲強いと勘違いされたりするのか、などなど——色気づいた中高生レベルの疑問に飲まれていった。

このところ暇さえあればそんな調子だ。

就寝前に癒しの動物動画で気を逸らしていた反動がきたとしか思えない。

「戸原？」

怪訝な顔をされ、誤魔化すように笑ってビールを飲む。グラスの中の似ても似つかぬ黄金色にすら、今朝替えたベージュ色のベッドカバーをうっかり思い出した。


「なぁ、こんな時間に私服とスーツの男二人って、不審がられないかな？」

食後に寄ったコーヒーショップは混んでいてテイクアウトになり、公園のベンチで過ごす羽目になった。

ほの白く暗がりに浮かんだように見えるプラスチック蓋のガードで、ペーパーカップのコーヒーは湯気すら見えない。

杜野は苦笑いで答えた。

「酔っ払いが酔い冷ましてるようにしか見えないんじゃないか？　仕事の愚痴聞いてもらってるサラリーマンとか、怖い嫁の愚痴聞いてもらってるサラリーマンとか」

「なんで愚痴限定なんだよ。ていうか一樹、妻帯者設定なわけ？」

「そのほうが戸原は都合がいいのかと思ってな」

『まだ』と頭か語尾についている気がした。

確かに、男二人でも怪しくは見えないかもしれないけれど。

「べつに俺はもうそういうのは……だいたい、誰向けのフェイクだよ。おまえ相手にノ……ノンケの振りしたってしょうがないし」

「それもそうだな」

互いのコーヒーを飲む音が、キャッチボールみたいに行ったり来たりする。妙にリズムだけは合ってるなんて、どうでもいい感想を覚えていたところ、杜野の音が先に途絶えた。

「月が綺麗だから見てるってのは？」

「え？」

「ここにいる設定」

「ロマンティックだな。野郎二人でって気もするけど……ていうか寒い。月くらいじゃ三分が限界かも」

「どこの変身ヒーローだよ」

ははっと杜野が笑った。

くだらない会話だ。くだらなさすぎて、手にしているのがコーヒーでも酔っ払いでも放課後を思い出す。

黒い光沢のあるダウンジャケットの戸原は、スタンドカラーから顎先を出すように顔を起こし、夜空を仰いだ。ぼんやり雲をまとった月は、これから膨らむところか、縮むところか。月の満ち欠けに詳しくない戸原には、ただ冴えない半月ということしか判らない。

「戸原は昔は薄着で平気そうにしてたよな」

「俺が？」

「冬もコートを着てなかっただろう？　学校指定のがダサいからって、雪でも降らない限り」

「そうだっけ？　冬はあんまり一緒に帰ってなかったと思うけど……おまえと帰ってたのって、一年のときだけだし」

今も言葉に変えればチクリとなる思い出。グサリというほどでもない曖昧な痛みは、失せない罪悪感か。冷たい空気に鼻の奥がツンとなるのにも似ていた。

「たまには声が聞こえてくることくらいあるさ。同じクラスだったからな。ああ、元気でやってんな、元気ならまぁいっかって」

杜野の声は温かく響いた。寒さに赤らんだ鼻の痛みも、心なしか和らぐ。

「……はは、田舎の爺ちゃんが孫思ってくれてるみたい」

「親目線通り越して、爺ちゃんはないだろ」

「一樹は年のわりに落ち着いてたから……今は実年齢が追いついてきたって感じ」

「なんだ、それは。褒め言葉と受け取っておいたらいいのか？」

戸原は「うん」と頷く。照れたように笑んで俯いた拍子に、口元はスタンドカラーの内に戻ってしまう。

「ていうか、ホント寒い」

「もう三分過ぎてるからな」

「三分過ぎたらどうなるんだっけ？　怪人に負けてボコボコ？」

「それじゃヒーローにならないだろ。ほら」

手を差し出され、馬鹿みたいにきょとんとした。コーヒーのカップを握る両手のうち、近い左手だけ引き剝がされる。

「あれだ、手を繋いだらパワーアップするんじゃなかったか？」

「それ、なんか違うマンガだし」

軽く反論しつつも、握られた手はそのままになる。

公園は無人ではない。駅への抜け道にもなっている。人が過る度、戸原の心臓は餅つきの杵みたいに跳ねた。ペッタンペッタン。そういえば月の中には餅をつくウサギがいるんだっけと、気を逸らすように惚けたことを思う。

半月ではどこにいるのか判らない。

チラと盗み見た隣の横顔も、なにを思っているのか。通行人の姿に、戸原が反射的に手を引こうとするのに対し、杜野はベンチの上で放さず繋いだままだ。

そういえばこういう男だった。

あの頃は学生服、今はスーツで一見普通の会社員をやっていても、杜野は常識から外れることを恐れない。『クラウディ』のオーナーにもなり、大切な人の集まる場所を守り抜いているように。人目ごときに思いを曲げたりはしない。

こんな感じだったのかなと思った。

もしも、あの放課後を二人で続けていたなら、いつかはこんな時間もあったのかもしれない。

そう考えると、切ないような面映ゆいような気分に駆られる。

軽く握り合った指先に力を込めようとして、ふと隣を見た。

「あ……」

目が合った。

じっとこちらを見つめた男の顔に、そこはかとない綻びを感じた。

「な、なに笑ってるんだよ」

「べつに笑ってない」

「今ニヤついてただろ？」

「いや……そういうつもりは。悪かったな、今日は飯食っただけでこんな時間で。今度、ちゃんと休み取って埋め合わせする。どっか遠出でも……遊園地とかどうだ？」

戸原は絶句した。ニヤついていたのは、まさか本当に孫を見る祖父の気分にでもなっていたのか。

「俺とおまえで？　子供扱いにもほどがあるだろ」

「昔行きたいって言ってたろ？　バイトでもしないと入園料高くて無理とかって、クラスの奴らと」

「いつの話だよ。そりゃあ、今なら行けるけど……」

人は永遠のないものねだり。小さな夢は、大抵叶う頃には興味を失くしている。

「ていうか……そもそも、どういうところに出かけるんだ？　その、ゲイのカップルって」

調べても、あまりそういった話はネット上になかった。

「どうって、ヘテロとそう変わらないんじゃないか。食事したり飲みに行ったり……違うのはゲイバーがあるくらいか」

「ゲイバーか」

杜野はハッとした反応で戸原の顔を見る。

なにかマズイものにでも気づかれたかのような、『あ』の表情が返った。

「一樹、今から……」

「バーなら、こないだうちにも来てただろ」

言い終えるどころか、ろくに話し始めてもいないのに妨げる。自分がゲイバーに行っては、それほど不都合なことでもあるのか。

「こないだはすぐ帰っただろ。おまえが嫌そうな顔するから」

「べつに嫌がってたわけじゃない。急に来るから驚いただけで」

「じゃあ行こう。まだ一杯飲みなおすくらいの時間はある」

「あんなに嫌がってたくせして」

ぼそりと漏らしながらも、無下にもできないらしい。戸原がゲイバーを嫌がっていたのは、自身のセクシャリティを認めきれずにいたからだ。

杜野は溜め息を零しつつも言った。

「判った。一軒、落ち着けそうなとこ知ってる」


辿り着いた店は、入口にプレートが下がっていた。

「店休日って書いてあるな」

「日曜営業やってたと思ってたんだが」

並んで扉を見つめる男を仰ぎ、戸原は本当は『知っていたのでは？』と怪しむ。

『クラウディ』の通りからも離れてはいない、細い路地に面した店だ。ここもゲイタウンの一画に違いなく、通りすがりの男の比率や空気からして、周辺の店もそうだろう。

「しょうがない、隣の店にしよう」

「俺も知らない店だぞ？　そんな適当に……」

「適当じゃない。一見さんも歓迎のバーみたいだしさ」

「そんなの見た目でわかるのか？　中も見えないってのに」

赤褐色の木製扉にも白壁にも窓は一つもない。ただ、黒いスチールのスタンドが目立つ位置にポツンと置かれていた。

「メニューが出てる。チャージも載ってるし。チャージは『だいたい、うちはこれくらいの店』って自己紹介だから」

「そうか、メニュー一つで判るもんだな……」

バーのオーナーらしからぬことを言う杜野は、戸原と一緒に店名に目を向けた。

『Bar Cumulus』。

キュムラスと読むのだろう。

「英語？　どういう意味だろうな。一樹？」

「あ、いや……やっぱり俺の知った店にしないか？」

「今から移動してたら帰る頃には日付が変わる。一杯くらいならべつにどこでも……」

店の扉は一歩奥へと入った作りで、脇の壁を何気なく見た戸原はドキリとなった。貼られた外観にそぐわないシルバーのプレートに、『会員制』と文字。

「ああ、それはゲイバーのお札みたいなもんだ」

「おふだ？」

「客避けだよ。一般客が紛れ込んでしまわないようにな。どこもだいたい貼ってるけど、実際は会員制じゃない」

　確かに、店構えだけでは普通の洗練されたバーにしか見えない。

「……なるほど」

『じゃあ、大丈夫か』と扉に手をかけると、杜野はまた『あ』の表情。『しまった』という顔に、引っかかりを覚えつつも戸原は重たい扉を開いた。

　小ぢんまりとした店だ。席数は十五ほどで、テーブル席は二つ。右サイドから奥へと伸びるカウンターに、短い背もたれのバーチェアが並んでいる。

　ヴィンテージ感のあるキャメルのレザー張りで、低めの照度や、流れるジャズのインストにほどよい空気の厚みを感じる。

「いらっしゃいませ」

　バーテンダーは正統派スタイルで、ゲイバーらしさはなかった。

　魅せるために鍛え上げた肉体も感じさせない、痩身の男だ。襟の開きが水平なホリゾンタルカラーの白いシャツにボウタイ。ベストやスラックスはもちろん黒だ。

　カウンター内には男一人しかおらず、オーナーバーテンであるなら若い。三十代前半くらいか。

「空いてるお席へどうぞ。上着は後ろのハンガーにおかけください」

杜野は『あ』の表情を崩さぬままだ。じわりと滲む気まずさと違和感の正体は、オーダーを終えてから判った。

「初めての店ではマティーニじゃなかったっけ？」

キューバ・リバーを注文した杜野に、脇腹でも小突くような調子で問う。ラムをコーラで割ったシンプルなカクテルだ。

「初めてだ。コーラの話してたから、久しぶりに飲みたくなってな」

「もしかして知り合いか？」

昔から表情豊かな男ではないけれど、嘘のつける男でもない。隠したいときに限って顔に出るのかと、一つ小さな発見でもしたような気分で問う。

「昔、『クラウディ』でバーテンダーをしていた人だ。店を持ったとは知らなかったが」

「でも、入る前から気づいてただろ？　顔見知りなら、普通に挨拶すればいいのに……」

「顔見知りになった頃は、お若かったですからね。バーは初めてとも言ってらしたし。もう七年ほど前になりますか」

グラスを用意する男が、カウンター越しにさらりと言った。話を聞いている素振りどころか、店に入ってからずっと表情一つ変えずにいただけに少し驚く。

ポーカーフェイスはバーテンダーの心得の一つだ。角のない穏やかな顔立ちをしているけれど、奥二重の眸には扉を感じる。窓のない店の扉と同じで、本音を覗かせない。

酒を飲む前から、『なかなかやるな』という気分にさせられた。

空気を読んで助け舟を出したのかもしれない。七年前というと成人したばかり。いろいろと初心者で、大人の男としてはあまり触れたい時期ではない。

「お久しぶりです、本宮さん。店名で気づいてくださったんですか？」

父親の姓である現在の名字で、男は杜野を呼んだ。

「ああ、まぁ……久しぶりです」

ようやく肯定した杜野に対し、すっと笑むと戸原のほうを見る。

「キュムラス。綿雲のことです。はじめまして、綿井と申します。綿雲のワタに井戸のイです」

「あ……」

名字から膨らませたのか、昔勤めていた店も関係しているのか、曇天だの綿雲だの、どこもかしこもすっきりとしない空模様だ。

男は挨拶を終えると、カクテルを作る作業へと戻った。正確で無駄のない、流れるような動き。ダウンライトの明かりに包まれた手に、思わず視線は吸い寄せられる。

悩んだ末の戸原のオーダーは、サイドカーだった。

やはり店を知る一杯が注文したくなってしまう。『考案に数年かかりました』『コンペティションで賞を取りました』なんていう店のオリジナルカクテルよりも、シンプルなクラシックカクテルのほうが判りやすい。

ここは少なくともオーセンティックバーに寄せたショットバーだ。

バックバーにずらりと並んだボトルも、仕入れに拘(こだわ)りがあるのが見て取れる。

「本格的にお酒を楽しめる店にしたかったんです」

空気を読む男は、まるで戸原の心まで読み取ったかのように口にし、杜野がぼそりと続けた。

「綿井さんは、本場でカクテルを学ぶって言って店を辞めたんだ。ボストンに留学して」

「バーテンダースクールにいたのは一年足らずでしたけどね。それから方々回って、結局この街に戻って店を持ちまして」

「帰国したなら、『クラウディ』にも顔を出してくれればよかったのに」

「商売敵になってしまったと思うと、顔を出しづらかったんです。偶然だけど、店が近いでしょう?」

「そんな、商売敵なんて……ここはいつ?」

「一年半くらいになりますね」

ふと気になって戸原も尋ねた。

「『クラウディ』にはもうずっと行かれてないんですか? 今は彼の店になったことも?」

「それは風の便りで。狭い世界ですから、どうぞ」

返事とワンセットにグラスを出された。まるでテーブルマジックのカードでも切るかのような仕草で、材料も作り方もまるで異なる二人のカクテルが同時に並ぶ。

戸原は思わず、丸みを帯びたグラスを見つめた。

「どうかしました？」

「すみません、実は僕もバーテンダーなんです」

男が目を瞠らせたように感じた。

隣でロンググラスを手にした杜野も動きを止める。黙ってやり過ごすのは簡単だけれど、フェアじゃない気がした。

それに、明かすタイミングを逃すと後々面倒だ。

バーでは少なからずある。

カウンターで偶然隣り合った客が話を弾ませ、一方が気持ちよく蘊蓄や辛口な意見を繰り広げた相手は、その道のプロであり業界人などという気まずい展開が。

「そうでしたか。『クラウディ』ですか？」

「いえ、『9』って店です。場所は向かいですごく近いんですけど」

男はどこかホッとしたように笑んだ。

「いただきます」と、戸原は肩の荷でも下りたようにグラスを口に運んだ。

飲む前からたぶん答えは判っていた。

「……美味しい」

「お口に合いましたら光栄です」

ふふっと男は表情を緩ませ、口当たりのまろやかな会話にそぐわない、やや硬い声が隣から響く。

「綿井さん、そういえば紹介がまだかと」

杜野のほうを見ると、グラスの縁に刺さったカットライムが目についた。青く眩しく瑞々しい、くし切りのライム。

ブレザーの制服姿で隣に座っているような気分に陥ったのは、たぶんグラスの中身がコーラと変わらない色だったからだろう。

杜野はあの頃のような真っすぐな声で言った。

「彼は戸原、俺の恋人です」


そもそも、バーは静かに酒を楽しむのがマナーなんて矛盾している。度数の高いアルコールを摂取しながら、『羽目を外すな、悪酔いするな』はなかなかにハードルが高い。

酔っ払いの集まる酒場で、バーテンダーだけがいつも素面だ。

仕事中の戸原は、時折子供を見守る母親のような気分になる。

まさに、今も。

「美味い！　やっぱこれだな！」

ビールのCMのようなことを言い、プハーッと景気よくカクテルをカウンターで飲み干しているのは手島だ。ショートグラスの縁に塩を纏ったスノー・スタイルのマルガリータの度数は三十度ほどはあるが、まぁまだ大丈夫だろう。

出禁が解け、度々のご来店。妹を誑かしていた不届き者のバーテンも自業自得の怪我で辞めたと知り、手島は上機嫌だ。

「はーっ、ホント不思議だな。同じ材料を使ってるのに同じ味にならないなんて」

「簡単に同じ味になっては商売あがったりです」

酒の銘柄はもちろん、氷で割るタイミング、ステアの作法やシェーカーを振る長さなど、基本だけでも味の変わる要素はいくらでもある。

では、同じバーテンダーが同じ酒を使えば、毎回寸分違わぬ同じカクテルが完成するのか。

それも、否だと戸原は思っている。

コンディションによる極僅かな差異はもちろん、酒の味というのは気分によっても変わる。天候みたいなものだ。心が雨の低気圧で、頭痛の種を抱えて飲む酒が美味しくなるはずはない。

カウンターの手島は、見るからに快晴だ。曇天みたいな鼠色のスーツを着ているけれどピーカン日和で、自分はどうだろうと思う。

よく判らなかった。

キュムラス。綿雲がぷかぷかとそこら中に浮かんでおり、晴れなんだか曇りなんだか。そもそも、『空を占める雲の割合が九割未満なら晴れ、それ以上なら曇り』という天候の定義からして納得しがたい。

雲が九割近くもあったら、それは曇りだろう。八割も粗方曇りだし、七割だって感触としてはだいぶ曇りだ。

——なんて。

気象の分類にまで難癖をつけたくなる戸原は、昨晩は久しぶりにネットでどうでもいい情報を巡り、どうでもいい雲の流れる動画を見て眠りについた。

そうでもしないと、気持ちがざわざわしそうだった。

ふらりと入った『Cumulus』での、杜野の恋人宣言。『クラウディ』では言わなかったくせしてと驚きつつも、最初は単純に嬉しかった。

同級生から昇格したのだ。一人前のゲイなんてものがあるのか知らないけれど、ワンランクアップ。「ステキな方じゃないですか」なんて、そつなく微笑む綿井の返事にさえ、ふわふわしてしまったくらいだ。

杜野の難しい顔にさえ気づかなければ。

言った傍から、後悔でもしているかのようだった。

なんだよと思った。『罰ゲームで誰かに言わされでもしたのかよ』と。そんなはずもないのに、高校時代に破り捨てたラブレターの悪戯まで思い出してしまいそうになった。

結局、『Cumulus』を出てからもぎこちないまま。

自分はもしかして紹介しづらいような男なのか。

意を決して、行きずりの店ならと宣言してみたものの即座に後悔するような——

「手島さんは、付き合ってる人はいるんですか？」

ぽろっと手元でも狂ったように、言葉が零れた。

「え？」

手島も驚いた顔だが、戸原も驚く。バーテンダーはむやみに客のプライバシーに立ち入ったりしない。

「あ、いや……バー通いが続くと、恋人がいても会えないだろうな……と、思いまして」

「まぁ、今はいないけどね～」

「昔はいたってことですか？　それは……つまり男性？」

「だったらどうだと？　なんだよ、この店はゲイは出入り禁止か？」

すぐに声の大きくなる酔っ払いに狼狽える。ほかの店員はみな接客で忙しく、U字のカウンターの手島の周囲には誰もいない。幸いながら、「いやいや、めっそうもない」と言葉遣いまで怪しくなる戸原は相当にテンパっていた。

「なにが言いたいんだよ？」

「あー、なんだろ……そういえば手島さ……の好みのたい……って？」

『タイプ』と尋ねたつもりがしどろもどろ。おまけにタイミング悪く響いた女性客の高い笑い声が言葉をかき消す。

手島は二、三度瞬きしてから応えた。

「ん、好みの体位？」

「はっ？」

店員以外はみな酔っ払い。うっかり大事な基本事項を失念していた。

「定番はバックかな～やっぱ楽だし？」

「て、手島さんっ！」

「まぁなんでもいいけど、突っ込む前にいろいろするのはめんどくさいときもあるっていうか、前戯ってやつ？『愛がな～い』とか言われてもねぇ、女々しいこと言うなよっていう。ちなみに俺はタチ専門だから」

「ちょっと、ここでそういうお話は……」

「あっ！」

「な……んですか？」

「立ちバックかな、好きなの。タチだけに？」

最高のギャグでも飛ばしたつもりか。ガハハッと笑う手島に、戸原は絶句した。

「たちっ……」

「戸原さん、なに顔赤くしてんだよ。えっ、えっ、もしかしてあんた童貞っ？　女侍らせてそうな顔して、案外マジメなんだとは思ってたけど」

「ちっ、違う。けっ、経験はございます。そうじゃなくて、ただ手島さんの……交際方法を参考に訊いてみたかっただけっていうか」

『ございます』ってなんだ。もはや頭を抱えたい状況にもかかわらず、酔っ払いは手を緩めてくれない。

「うそ……もしかして、そっち？」

「え……」

手島の重たそうな一重目蓋は、見たこともないほど開眼していた。

「もしかして、俺に惚れちゃった⁉」

——忘れていた。

手島が、とんでもなくそそっかしい勘違い男であるということ。

人選を誤った。それ以上に、酒も入っていないのに自分こそどうかしていた。バーカウンター内で平常心を失うなどありえない。

あの後、誤解を解こうと躍起になったものの理解してくれたのやら。いっそ記憶をキレイさっぱり失くしてくれていたほうが助かる。酔っ払いへの一抹の期待だ。

次に来店したら素知らぬ振りで、夢でも見たと思わせよう。素知らぬ振り。そ、し、ら、ぬ、ふ、り——よし、それで決まりだ。

「どうかしましたか？」

脳内で効果の怪しい呪文を唱えているとは知らない男が、怪訝そうにグラスを差し出す。

木曜日、戸原は『Cumulus』にいた。

家でじっとしていると、手島とのやり取りを思い出し、両手で顔を覆って悲鳴を上げそうになる。例によってコンビニを言い訳に『クラウディ』を覗いたけれど、テラスにはアカネの姿もなく、手島に遭遇してしまってもまだ呪文の……心の準備が整っていないと、退散して逃げ込んだのがこの店だった。

やはり雰囲気はいい。戸原でも気兼ねなく入ることのできる『普通のバー』感は貴重だ。

初めの一杯とも言われるジン・トニックで喉を潤した後は、バンブーかサイドカーにするかを迷い、もう一度味わってみたくてサイドカーにした。

オレンジスライスを加えたややマイルドな味わいが、綿井のサイドカーだ。

——ああ、これだ。

至福の一杯に気分上々、グラスを手にした戸原は「なんでもない」とクールを装い応える。

「バーで『Opus De Funk』が鳴り始めたら聴き入ることにしてる」

洒落た会話風に言ってみたところ、カウンター越しの綿井は目を瞠らせた。すぐにネタばらしする。

「すみません、適当に言ってみただけです。ちょっと映画のセリフっぽかったでしょ？」

「ギムレットシンドロームですかね」

「えっ、どういう意味ですか？」

「僕が今作った造語です。名台詞のような言葉が聴こえてきたら、バーテンダーがドキッとしちゃう瞬間のことです」

ボウタイのクラシックスタイルで隙のない男ながら、案外茶目っ気があるらしい。

造語の元ネタがレイモンド・チャンドラーの『長いお別れ』であるのは、バーテンダーなら判る。「ギムレットには早すぎる」。テリー・レノックスのセリフは一般的にも有名ながら、果たしてどれだけの人が小説を読破、もしくは映画を観ているだろう。

バーテンダーだってそうだ。

ハードボイルドに興味があるとは限らない。なのに映画や小説の名作には、印象的な小道具としてカクテルが登場する場面が少なくない。話題に振られてドッキリ、知らずに冷や汗を覚えるなんてよくあることだ。

思わず、笑いが零れた。

「いいですね。覚えときます、ギムレットシンドローム」

バーテンダー同士だからこそ、共感し合えることもある。

バックバーの酒の話も興味深く、退屈する間はなかった。シングル客は戸原だけで、綿井は合間を見つけて相手をしてくれ、ついついグラスも重ねた。

気づくと、隣の空いた席に見知らぬ男が腰を下ろしていた。「ねぇ、あんたさ」と声をかけられ、長居でほかの客の邪魔だったかと焦れば、男はニッと笑って身を乗り出してきた。

「ずっと一人だね。あっちで一緒に飲まね？」

前のめりで、緩いニットのVネックから厚い胸筋が覗く。胸の谷間を強調する女みたいなものか。

戸原は見事に固まった。

「あ……」

「そういえば、お連れの方は随分遅いですね。もうそろそろお越しに？」

少し離れた位置にいた綿井が、すっとチェイサーのグラスを出しつつ問う。助け船と判り、戸原はしがみついた。

「あ、ああ、さっき連絡が……もうすぐかな」

ナンパだったらしい男は、舌打ちしつつも奥のテーブル席の連れの元へ退散してくれた。ホッと胸を撫で下ろす。

「すみません、今日は一樹は来ないんですけど。今、出張中で」

　戸原の小声に、綿井は微笑んだ。『わかってます』の代わりだろう。

「あの」

　俯いたまま男は「はい」と応えた。手元の作業が忙しいというより、話しかけやすい隙を生んでくれた気がした。

「声をかけられるってことは、俺もちゃんとゲイに見えるってことでしょうか？」

「ちゃんとしたゲイってのがどういうものか、わかりませんが……世の中には、その気のない人が好みって方もいますからねぇ」

「つまり、やっぱり俺は『そっち』に見えるってことですよね？　ノンケに……」

「元、でしょ？　こないだ本宮さんに紹介されましたし」

　話はそこで断たれたかと思いきや、綿井のほうから尋ねてきた。

「どうしてノンケに見えたら嫌なんです？」

「え、なんかいい年して重そうっていうか……めんどくさそうっていうか、手がかかりそうじゃないですか」

「はは、ほぼ同意語だ」

　急な笑いとタメ口にドキッとなる。ひんやりと硬いとばかり思っていた石像が、人肌で柔らかかったような艶めかしさ。

思わず問う。

「綿井さんって……モテますよね？」

「『モテる』の定義によりますね。この世界、間口を大きく広げて『さぁどうぞ』ってしてれば、相手にはそう不自由しません。男女にも通じる話ですけど」

「『どうぞ』の時期があったんですか？」

「まぁ、人恋しくなるときもありますから」

毒にも薬にもならない模範解答。ぼんやり不満を覚えつつ、戸原はカウンターに片肘をついた。

「はは、俺はどの定義でもモテないかな〜。面倒を絵に描いて額装までしたような男なんです。

バーテンダー以外は酔っ払い。それはこの『Cumulus』も例外ではない。

タイトルは『厄介者』」

「今も声をかけられてたじゃないですか」

「シングル客がほかにいないからでしょ。懐の寂しいときは発泡酒だって最高のビールです」

「はは、そういうことにしておきますか。まぁ、思うのは戸原さんの自由ですし」

苦笑交じりに意味深に告げられ、いつかアカネにもそんなことを言われたのをふと思い出した。自分が本格的に『面倒な男』になろうとしているとも気づかず。

酩酊感（めいていかん）。綿井を仰げば、先程まで気にも留まらなかったダウンライトの明かりがやけに眩（まぶ）しく感じられる。

「そういや、一樹もモテました？」

「まぁ……なかなか落ちないので有名でしたからね、彼」

「ふーん、あいつ、どんなタイプならOKだったんだろ。綿井さんが『クラウディ』で働いてたとき、一樹は客だったんですよね？」

「最初の頃はビールとジン・トニックしかオーダーしないお客様でした」

「ド定番だ……」

「あるとき、ショートカクテルのオススメを訊かれたから、『マティーニはどうですか？』って答えたんです」

「綿井さん、心臓強いな」

ジン・トニックはカクテルの定番中の定番ながら、ほかにまるで浮気せず注文し続けるなら、ドライ・ジンのキレのある味わいが気に入っているということだ。次の一杯として王様のマティーニを勧めるのは妥当かもしれない。

けれど、たぶん自分にはその選択はできない。主観のままに答えられない。『オススメは？』と問われたら、プロの知識を総動員した捻(ひね)りのある答えを期待されていると、客の顔色を窺(うかが)う。

シンプルでいるのは難しい。

自分自身がどこに属すかさえも、他者ありきでいつも決めようとしていたくらいだ。

「ああ、そういえば本宮さんから制服の話を聞きましたね」

「え？」

「好みの話です。制服姿にドキッとしたとか」

突然の話に、戸原のほうがドキリとなった。

制服と言えば昔。高校時代だ。

「だから、戸原さんがバーテンダーだって聞いてピンときました。恋人かなって」

「ちょっと待ってください。制服って……バーテン服のことなんですか？　だったら俺は、そのトキメキの相手とは違いますね。あいつとはもう長いこと会ってませんでしたから……軽く十年くらい」

――ただの制服フェチか。

そういえば、ベッドでもバーテン服を脱がせることに拘っていた気がする。

呆れる一方、非日常感を醸し出すバーテンダーの制服が魅力的に映るのも、まったく判らないわけではない。

戸原は、カウンター越しの男を仰いだ。ネクタイには戸原もそれなりに拘りがあるけれど、綿井もボウタイを選んでいるのには理由があるのだろう。

結び目が美しい。歪みのない完璧なループの蝶結びは、手軽なワンタッチのピアネスタイなどでないのは一目で判る。戸原も昔バイトしていたのが正統派のオーセンティックバーで、ボウタイをしていた。

「いらっしゃいませ。お久しぶりですね」

客が来店し、綿井はカウンター席に案内する。眩しく白いシャツ。喋る度に、ホリゾンタルカラーの折り紙のようにピシリ立ち上がった襟元で、喉が動く。

細身ながら、ふとした拍子にセクシーにも見えるのは、年上の大人の男だからなのか。自分だって、充分大人のはずだけれど。

思わずチェイサーの水を飲み干し、グラスを空にした。

「まだなにか飲まれますか?」

こちらを見ていないとばかり思っていた男が、ふっと唇を綻ばせ問う。

「あ、ああ、じゃあ最後にもう一杯……」

その瞬間、スマホが微かに鳴った。背後の壁際のコート掛け、アウターのポケットへ入れっぱなしにしていたにもかかわらず、戸原は気づいた。

綿井が何気なく言った。

「今夜はここまでのようですね」

急ぎ足で家に戻ったところ、マンションのエントランス前に杜野は立っていた。

『近くにいるか？　家の前で待ってる』

バーで届いたラインだ。その前にも何件か来ていて、出張帰りに寄るつもりでいることが書かれていた。

「急に悪いな、休みだから家にいるかと思って」

凭（もた）れた壁から身を起こしただけで、コート姿の男は目を引く。ピカピカと輝いてさえ映るのは、アルコールがまだ存分に自分の体を支配しているせいか、近くの街灯の明かりのマジックか。

それとも。

杜野の存在は、クリスマスのイルミネーションのように戸原の心を浮き立たせる。

「まだ出張中だと思ってたから、連絡気づかなかった。ごめん」

「早く切り上げて帰ってきた。こう毎週続くとうんざりだな。土産だ」

「え、わざわざ渡しに？」

「クリームチーズの酒粕（さけかす）漬け。偶然見かけたから。酒のツマミに好きだって言ってただろ？賞味期限もあるし、早いほうがいいと思って」

受け取った小さな手提げ袋はシンプルながら、薄墨で書いたような店名のロゴに逸品の匂いがする。杜野は週末まで待てなかった理由を、すまなそうに告げた。

「悪い、実は次も日曜は仕事になった。代休を月曜に取ろうと思ってるが……」

「月曜は俺が仕事だな」

「だよな……やっぱ今日来ておいてよかった、顔見られたし。じゃあ、もう遅いから」

あっさり帰ろうとする男に「えっ」となる。

「寄って行けば！　せっかく来たんだし」

上擦った声に、杜野の顔が嬉しげに破顔してまた焦る。そんな顔、不意打ちは禁止だ。男前はしかめっ面していてくれなんて、無茶な責任転嫁。

困るのは、杜野だからだ。

上辺だけはさり気なく誘ったつもりの戸原は、エレベーターに乗り込むと尋ねた。

「メシは？」

「途中で適当にすませた。おまえも食ってきたんだろ？」

「ああ、うん。コンビニですますつもりだったけど、つい食事がてらふらふらと」

「飲みに行ってたのか？　クラウディ？」

「違うよ」

否定すると、ホッとした空気を隣から感じた。庶民的なマンションの小さなエレベーターは、間に提げた紙袋すら意識するほどの距離感だ。

もうすっかり深夜の気分ながら、飲み歩きであればまだまだ二軒目に向かう頃か。部屋に戻った戸原は、キッチンで土産を確認しつつ、合わせる酒を思い浮かべた。

「久しぶりだな、酒粕漬け。前に家でも作ってみたけど、やっぱり店のは全然違っててさ。せっかくだし一杯飲もうかな……おまえも飲むだろ？　なにがいい？」

「飲みたいが、今日は車なんだ。近くのコインパーキングに停めてきた」

傍らから覗き込む男の声が残念そうに響く。

出張先は電車で行けないような場所だったらしい。

「あー……そうなんだ……」

呼吸が浅くなった。噎せそうにもなる。にわかな緊張に、おかしな呼吸法で戸原が発したのは、酔いの力なしには出そうもない言葉。

「泊まって行けば？」

「……いいのか？」

「飲酒運転させるわけにはいかないからな」

戸原はいそいそと上着を脱ぎ、家飲みの準備を始める。ホームバーとまではいかないけれど、キッチンのカウンターの傍らには、専用ワゴンにぎっしりと酒のボトルが並ぶ。

「こんだけ揃ってると、晩酌が毎晩捗ってしまうな」

杜野はボトルを手に取りながら言った。

「そうでもない。普段は飲んでもビールとハイボールくらいかな。道具まで使い出すと、つい本気出して仕事モードになるから……で、なに飲む？　カクテル作ろうか？」

「今の話の流れでカクテル作るんだ？　俺のためと思うと嬉しいもんだな」

「土産のためだよ」

「素直じゃないな。俺の持ってきた土産のためなら、だいたい俺のためってことでいいだろう？」

「だいたいって」

減らず口を叩く男の横っ腹を小突く。なんだかこういうのも悪くないなと思った。犬とでもじゃれ合っているみたいな無邪気さで。

「いいから、なにが飲みたい？」

「なんでも、おまえのオススメで」

「それって、わりと嫌われるオーダーだぞ」

「えっ、そうなのか？」

「漠然としすぎてて、バーにどんだけ酒の種類あると思ってるんだっていう。せめて甘口か辛口か、好みのテイストと、アルコールは強くても平気かくらいの情報はほしい」

「なるほど……それもそうだな。お高いウイスキーがダブルで出てきても困るしな」

ウイスキーはなにを想像したのか、杜野の視線が宙を彷徨う。昔はビールとジン・トニックしか注文しない男だったと綿井が言っていたのを、ふと思い出した。

ある日、オススメを訊いてきたと。

ただの思いつきか、行きつけの店のバーテンダーにようやく気心も知れたか。

「そういえば一樹、昔……」

杜野がパッと顔をこちらに向けた。

「思い出したら、なんかウイスキー飲みたくなってきた。ウイスキーベースでなにか作ってくれるか？」

「あ、ああ」

「高くないやつで」

「ははっ、そんなにプレミアなウイスキーはうちにはないよ」

戸原は小さく噴きだすように笑い、カウンターに道具を並べ始める。ベースが決まれば後は早く、杜野があまり飲んだことがないというハイ・ハットにし、戸原は軽めでジョン・コリンズにした。店ならチェリーを飾るが、うちにはない。

1LDKの部屋に余分なソファなどあるはずもなく、男二人が並べばいっぱいのラブソファで飲み始める。

「このチーズ、美味いな。今まで食べた中で一番美味い酒粕漬けかも。高かったんじゃないのか？」

「そうでもない」

杜野はやけに笑っている。付き合い始めてからの杜野は、時々こんな顔で見つめてくる。

久しぶりのツマミの味に気を取られていられたのも、最初のうちだけだった。

――あ、泊めるんだ。そういえばシーツ替えてない。

などと、間の抜けたことを頭をクラクラさせつつ考える。

日曜に替えたきりだ。

ホテルライクな暮らしに憧れる人でも、シーツはそう毎日替えてはいないだろう。タオルはホワイトで統一してふかふか、バスローブまで用意してラグジュアリー気分だろうと、リネン交換の作業だけはホテルを真似たくないのが人情だ。

どうやって杜野に気づかれずにシーツを替えるか。

――そうだ、風呂に入れよう。

杜野がシャワーを浴びている間に交換をすませ、『湯加減どう？』とでも脱衣室で言いながら、元のシーツは洗濯機へ放り込めばいい。完璧だ。

完璧だけれど、やることが多い。世の中の恋人たちは、こんな面倒なミッションをさらりとこなしつつ、ベッドに収まっているのか。尊敬に値する。

「一樹、飲んだばかりで悪いんだけど、泊まるなら早めにふろ……」

杜野が空にしてテーブルに置いたグラスが傾いで見えた。『あれ？』と思う間もない。隣からの圧力に負けて、ピサの斜塔より傾いてしまっているのは自分のほうだった。

慌てて身を捻り、倒れまいと背もたれに身を預ければ今度は行き止まりだ。

「……逃げるのか？」

どこか拗ねたみたいな声。スーツも男前も台無しだと思うのに、鼓動を弾ませときめいている自分がいる。

「に、逃げて……ない」

前戯なんて面倒くさいだけだと言っていた。女々しいのは嫌だとも。男同士は、本来もっと即物的なものなのかもしれない。

応えつつも、ふと手島の言葉を思い出した。

流されるばかりの受け身では、いつまで経っても元ノンケ扱いだ。

思い切って少し身を乗り出せば、ぎこちなくも唇が触れ合う。戸原からのキスは成立し、瞬く間にしっとりとした口づけへと変わる。

互いの唇を柔らかく食むような動き。杜野の唇からは微かにカクテルに加えたリキュール、チェリー・ブランデーの苦味がふわりと感じられ、つい探って確かめたくなる。

舌先をひらめかせようとすると、押し返された。

「ん…っ……」

そのまま唇のあわいに舌をするっと入れられ、伏せた睫毛まで震える。

じんと痺れるような官能が湧いてきた。

いつものあのキスをされるのだと思っただけで、ただでさえ火照った体がとろりとしてくるのが判る。実際にミキシンググラスの中のバースプーンみたいな動きで、口腔(こうこう)を優しくかき混ぜられれば、すっかり角を落とされた氷にでもなった気分だ。

どんどん小さくなる。なだらかに丸く。体が熱を上げるままに溶け出してくる。

「……ん……ぁ、い……いつ、き」

「熱いな、おまえの舌」

「あっ、待て…っ……」

戸原は、ただ流されるだけには陥るまいと、裾からたくし上げられようとしたベストを自ら脱いだ。ネイビーのニットベストに白いシャツ。綺麗(きれい)めのトラッドな服は、今夜あの店へ行くにはちょうどよかった。

「随分と積極的だな。今日はそんなに飲んでるのか?」

「あ、まぁちょっと飲みすぎたかな……サイドカーの美味い店なんて久しぶりだし。やっぱり基本がいい店は、なにを飲んでも美味い」

うっとりと目蓋を落とす。戻ってくるはずの唇を感じられず、不思議に思って目を開くと杜野はただじっと自分を見ていた。

「……どこに行ってたんだ?」

「え……」

すっと冷えたような眼差しに声。重なり合った氷が溶け、崩れる音でも響いたかのように息を飲む。

「まさか、『Cumulus』か？」

「……あの店に行ったらダメだったとでも？」

杜野は否定も肯定もせず、けれどそのとおりと判る返事をした。

「おまえなら、いくらでも良いバーを知ってるだろう」

「知ってるけど……」

知っていてもゲイバーではない。ようやく認めたセクシャリティに理解を示してくれるのは、今はあの店だけだ。

「一樹、おまえ後悔してるのか？　こないだのこと……綿井さんに、俺と付き合ってるなんて言わなきゃよかったって」

「それはない。おまえに相談もなく言ってしまったのは気になってたけどな」

「だったらなんで？」

「一人で行くとは思わなかったから……」

「一人で行ったって、べつになにも変わらないよ。酒が美味かったってだけで……ああ、声をかけてくる客はいたけど」

「え？　誰にっ？」

それほど反応するとは思わなかった。

　ただでさえ短い距離が一層縮まる。キスとは違う息苦しさ。逃げ場もないのに詰め寄られ、戸原は狼狽した。

「し、知らない人だよ。俺だって、あの店で場違いじゃないってことだろ」

「ナンパは想定内で行ったってのか？」

「まさか。もちろん断ったし……綿井さんが追い払ってくれたんだけど……だいたいおまえ、今までそんなの気にしてなかっただろう？」

「俺が……気にしない？　なんでそんな……今の話でどうしてそう思う？」

「それは……なんとなくっていうか」

　戸原は言葉を濁した。

『なんとなく』の理由はある。けれど、『クラウディ』で恋人と紹介してくれなかったからだなんて、虫よけもいらない男だと高を括ってたくせしてなんて、面倒くさいことはとても言えない。

　真っ白な壁に額装でかけられた、タイトル『厄介者』の自分の姿が目に映るようだ。

　沈黙は言葉を生まない。

　けれど、生まれるものはある。

　じりじりと過ぎていく時間は、まるでその言葉を待っていたかのようだった。

「戸原、今日はやっぱり帰るよ」

止まらない時間はときに残酷だ。

言葉が見つからなくとも流れ、日が昇れば問答無用で日付まで変わる。

翌日、夕方『9（ナイン）』への出勤時にコインパーキングで見かけた杜野の車は、帰るときにはなくなっていた。

飲酒運転を避けて残した車を、杜野は仕事帰りに取りにきたらしい。近くまでくるなら連絡の一つもあるだろうと思い込んでいた戸原は落ち込んだ。

避けられたのかと思えば、余計に連絡も取りづらくなる。

日曜日。心待ちにせずとも巡ってきた休日に、戸原はまた『クラウディ』の前を通りかかった。

「辛気臭い顔してるわねぇ」

『不審者』にまでなったつもりはない。なにげなく足を止め、垣根の間からバータイムの店の様子をチラ見しただけで、声をかけられ軽く足が竦（すく）む。

「……アカネさん」

アカネはテラスではなく、歩道に立っていた。街灯と車道を行き交う車の明かりが、その奇抜なファッションを照らし出す。

「べ、べつに覗いてたわけじゃないし、今日は本当に近所のコンビニの弁当が売り切れてたから……」

咄嗟にこれまでとは違ったようなことを言ってしまった。

「ふうん。なら、ちょうどいいじゃない、寄ってけば？　お弁当はまだなんでしょ？」

戸原の手元をアカネは見る。ダウンジャケットのポケットに突っ込んだ両手は見えずとも、そこに弁当が収まってなどいないのはバレバレだ。

「でも、一樹が……」

「いっちゃんなら来ないわよ〜。やぁっと私も帰ってこれたから、今日は店に行くって連絡してみたんだけど、仕事なんですって」

杜野の出張は聞いていたが、アカネもずっと来ていなかったとは知らなかった。このところ、『9』の仕事中に店先から様子を窺っても気配が感じられないのは、たまたまかと思っていた。

「アカネさん、どこか行ってたの？」

「ちょっと撮影に同行してパリにね」

「って、仕事で？　メイクで海外まで行くって、あんたもしかしてすごい人なんじゃ……撮影って誰の？」

背後へ回り込んだアカネに、ぐいっと背中を入口へ向け押された。

「いいでしょ、そんなの。ほらほら、他人の成功話より恋バナのほうがずっと楽しいんだから。

それもグッチャグチャに拗れてるやつね」

「いや、べつにあんたが期待するようなグチャグチャはないから……」

女物の服を身につけていても、長身によるパワーの差は歴然だ。ぐいぐいと押されるままに、戸原の体は店内へと進んだ。

誰かに訊いてほしいという気持ちは、多少なりとあったのかもしれない。

店の奥、テラスを望む窓辺の席へ腰を下ろすと、戸原は誘導尋問に乗ってぽつりぽつりと話し始めた。

思えばこの席は、杜野と再会した席でもある。眩しいほどに色づいていた店先の銀杏は今は面影もなく、枝ぶりだけが怪しげな影となって、夜空に聳えていた。

誰も彼も春を待つ身だなんて、憂いを帯びた感想を抱きかけたところ、溜め息混じりの声が突っ撥ねる。

「ホント、つまんないお悩みだったわ～」

物憂い顔を窓辺に向けた戸原は、「はぁっ⁉」となってアカネを見た。

杜野が交際をオープンにしたがらないという、発端しか話していないけれど、聞きだしておいてそれはないだろう。

「そもそも、ゲイは仲間内ではオープンにするって言ってたのはアカネさんだろ」

「まぁ、どちらかと言えばよ。素直じゃないのを人のせいにしないで。みんなに祝ってほしかったなら、そう言いなさいよ」

「い、祝ってほしいとかそういうわけじゃ……虫避けにもなるから言うんだって、あんたあんとき……」

だんだんと声も小さくなる。

「それはお友達の『三メートルくん』のままでいたほうが、いっちゃんにとっては都合がいいからじゃあない？」

「都合のいいことって……なに？」

「そのくらい自分で考えなさい」

「一つもさっきから相談に乗ってないだろ」

「あら、相談に乗るなんて言った？　私は『他人のグチャグチャの恋バナ楽しいわね』って言っただけよ」

「性格わる……」

呆れつつも、なんだか胸のつかえは少しなりと取れた気がしないでもない。

漬物石ほどの重量級が、河原の石ほどの軽量になるくらいには。そういえば、これまで恋愛の愚痴なんて零せる相手はいなかった。

「あいつ、綿井さんの店ではあっさり認めてたのにな……撤回したいのかもしれないけど」

「え？　綿井……って」

「『Cumulus』の綿井さんだよ。昔、ここでバーテンダーをやってたって。アカネさんも知ってるんじゃないの？」

アカネの顔から表情が消え、しまったと焦る。

「もしかして……綿井さんが店持ったの、アカネさんも知らなかった？」

「それは知ってる」

――だったらどうして。

そう思って、気がついた。アカネが知っているのに、杜野は誰からも聞かされていなかったのか。

もちろん、綿井本人からも。

「えっ、綿井くん、日本に戻ってるの？」

「店長……」

二人の注文したドリンクを運んできた店長の大矢(おおや)が、すぐ傍に来ていた。今日は若いバイトが休みで、人が足りないようだ。「すみません」と軽く頭を下げてグラスを受け取りつつも、戸原は話が気になる。

髭(ひげ)で貫禄(かんろく)づいている店長ながら、綿井とは年齢も近いはずだ。

「店長も、『クラウディ』は長いんでしたよね」

「うん、綿井くんとは開店から一緒でね。アメリカで腕磨いて、戻ったらまたバーテンやってくれるっていうから期待してたんだけど」

「えっ、それは初耳。私はあの人、最初っから自分のお店持つつもりでやめたんだと思ってた」

目を瞠らせたアカネが口を挟み、途端に店長は旗色でも悪くなったような顔をする。

「はは……今のはだいぶ俺の願望入ってたかも。『戻るまで頑張ってるから、またバーテンやってよ』って言ったら、『考えとくよ。隆（たかし）と働けて楽しかったから』って」

「それ絶対、社交辞令ね～いかにも言いそう」

「やっぱり？　けど、せっかくこの店、本宮くんがオーナーになったのにね。あっ、でも二人、すぐに別れちゃったんだったか」

「あ」

アカネは口を半開きにしただけながら、店長の声が「だからうちにはきっと来られないのね～」とどこか女っぽく響いた。髭面でも店長はもしやそっちなのかなんて、突っ込む余裕もない。

戸原は声一つ発せないままでいた。

「いらっしゃいませ」

バーというのは、どの店も時が止まったようなところがある。

インテリアも、明かりの色も、変化がないのはバーに限ったことではないのに、まるで空気が入れ替わらずそこに留まっているかのようだ。おそらく窓の少ない店が多く、外界の変化が感じづらいからだろう。

あるいは、カウンターで待つバーテンダーがいつも同じだからか。

『Bar Cumulus』のとろりと飴色に包まれるような空気は今日も変わりなく、綿井も違わず戸原を迎えた。

「サイドカーを」

結局この店に来てしまった。酒も食事も喉を通らず、『クラウディ』からは早々に逃げ帰ったくせして、確かめたがる気持ちからは抜け出せず足が向いた。

「かしこまりました」

応えつつも、綿井は帰り支度を始めた客の会計で忙しそうにしている。

一方的に見つめていると、暇そうに見えたのか脇から話しかけられた。

「奇遇だな、また一緒になるなんて」

先週と同じ客の男で驚く。

「……どうも」

「あらら、今日も一人ぼっち？　結局さ、こないだ誰も来なかったろ？　可哀想にフラれちゃった〜？」

酔っ払いの軽口だろうと、今は聞きたくない言葉だ。カウンターの綿井がちらりとこちらを見たのが、戸原を奮い立たせた。

いつまでも綿井の助けが必要と思われたくはない。

「結構です」

「へ……」

「一人でいるのは慣れてるし、俺は可愛げない元ホモフォビアな元ノンケなんで放っておいてください」

まるで自分のほうが酔っ払いだ。

必要以上に言葉も感情も走り出す。すぐに退散してくれたのは助かったけれど、言い過ぎてしまい後味が悪い。

「今日は勇ましいですね」

綿井が笑みを湛えつつ近づいてきた。

「お待たせしてすみません。サイドカーをお作りします」

綿井の完璧な制服姿もまた、時が止まったようだ。ボウタイの結び目の皺一つまで複製したように同じ。もちろんカクテルを作る手順も、無駄のない動きも変わりない。

ブランデーベースの定番、サイドカーはシェーカーを使う。

ブランデー四分の二、ホワイト・キュラソー四分の一、レモンジュース四分の一。

ブランデーは戸原の店と同じ、クルボアジェV・S・O・Pルージュ。ボトルも味わいも、貴婦人をイメージしたエレガントなコニャックだ。レモンジュースは手絞りの自家製で、綿井はそこにスライスオレンジを一枚加える。

このためにカットされたオレンジのようだが、ちょっとした冒険ではある。

珍しいレシピではない。マイルドな味わいを好むバーではよく加える。ただ、ともすればブランデーのホワイト・キュラソー割り、『オレンジ風味のなにか』に陥りかねないサイドカーの味が、よれよれになるリスクがあるというだけだ。

シンプルなカクテルほど奥が深い。

綿井は腕に自信があり、リスクをもろともしていない。

シェーカーを振る所作も、指の位置、角度から回数まで時を刻むように寸分違えずに、できあがったカクテルをグラスに注ぐ。

「サイドカーです」

あらかじめ氷で冷やされたグラスは、淡く結露を纏っている。軽く泡立った琥珀色のカクテルを見つめ、戸原は呟いてみる。

「一杯のコーヒーはインスピレーションを与え、一杯のブランデーは苦悩を取り除く」

綿井は迷わず応えた。

「ルートヴィヒ・ヴァン・ベートーヴェンですね」

「俺はクラシックには詳しくありません」

「僕もです」

それでも、綿井は知っていた。きっと『ギムレットシンドローム』なんて言っていたあの話も嘘だ。映画も小説も、畑違いの偉人の名言さえも、酒にまつわるものはすべて学び、覚えているのだろう。

店のオリジナルのヌメ革のコースターに乗って出されたグラスを、カウンターの戸原は手にした。

「美味しいです」

カクテルと対のように同じ言葉を口にするも、表情は僅かに曇った。

同じ店、同じバーテンダーが同じ手順で完璧に生んだカクテルにもかかわらず、味が違って感じられる。

バーテンダーの舌が誤魔化せないようにその目も騙しとおすことはできない。

「今日はなにかありましたか?」

穏やかな声が尋ねた。

「綿井さん、一樹と付き合ってたんですね」

変わらぬトーンで返った。

「ほんの一時のことです」

「一時って……」

「二ヶ月……三ヶ月くらいでしょうか。もう少し延長できたかもしれませんけど、僕もアメリカ行きを決めましたから」

ボトルを棚に戻しながら話す男はまるで、世間話でもしているみたいだ。明日の天気の話題よりは少し深刻なだけの。平静を装っているのか、本当に波風一つ心に立っていないのか。

ゆったりとしたジャズの流れるバーの飴色のカウンターで、戸原だけが鈍色の波の手のひらに弄ばれる小舟にでも乗った気分だ。

「一樹はだから、あなたに俺を紹介したんですよね？」

綿井が元恋人であれば、腑に落ちることもある。

杜野が関係を明かした理由。この店でだけ告げたのは、後で知られて気まずくなるのを避けたかったからじゃないのか。

自分が同業者でバーテンダーであると、綿井に早くに打ち明けたように。

「どうでしょうね。だったら、戸原さんにも逆に僕と付き合ってたと知らせるんじゃないですか？」

——確かに。

自分にも教えてくれていたなら、今更こんな気分になることもなかった。のこのこと

『Cumulus』に通ったりせず、杜野の機嫌を損ねて気まずくなったりもしなかっただろう。

「俺、本当は気づいていたのかもしれません」

「え？」

「こないだ思ったんです。綿井さんは、バーテン服が似合うなって。ちょっとドキドキするくらい」

　綿井が初めて戸惑う顔を見せた。

「……それは、普通に『ありがとうございます』でいいんですか？」

「一樹が制服姿が気になった相手って、あなただったんですね」

「自分のことなら、戸原さんには言いません。僕はそこまで捻くれた意地の悪い人間じゃないです」

「でも……」

「あなたのことですよ」

　戸原は首を捻りかけ、言葉の意味が判った。

「……ありえません。俺がバーテンになったのは、一樹と会わなくなって随分経ってからなんで。高校の同級生ですけど、あいつは俺が普通に会社員になってるとでも思ってたんじゃないかな」

「なるほど。じゃあ、別の人なんでしょ」

ろくに反論もなく、さらっと返されれば、それはそれでまごつく。

「意地が悪いですね」

戸原の困惑顔に、綿井はフハッと声を立てて笑った。

嫌みはないが、この場にそぐわないどこか楽しげな表情だ。

「彼が僕に興味を持ったのは、『憧れの人』と同じバーテン服を着てたからじゃないかと思うんですよ。なにしろ難攻不落なはずなのに、落とせてしまって……あれかな、うっかり恋愛ゲームで競り勝ってしまったみたいな？」

「綿井さんは遊びだったんですか？」

「いや……とても好きでしたよ、彼のことは。今も変わらない気持ちです」

言葉にドキリとさせられた。今も想(おも)いを残しているのだとしたら、荒波に小舟どころか、雷鳴まで鳴り響き始めることになる。

相変わらず空気だけはしっとりとしたカウンターで、手元の道具を片づける男は苦笑した。

「だから問題なんです。今は古い友人のような感覚なのに、昔の気持ちを振り返ってもそれと変わらないのが」

「え……」

「あの頃、僕には三年付き合った元彼がいました。同棲までしたのは初めてで、『一緒にお店持ちたいね』なんて夢まで語っちゃって。痛い恋愛ですよ。ちょうど別れて落ち込んでたときに、親しくなったのが『クラウディ』の常連客、一樹くんです」

「……間口が広くなってた頃ってやつですか？」

「誰でもよかったってわけじゃないですよ？　彼じゃなかったら、僕も一人でもアメリカ行って、夢叶えようなんて前向きにはなれなかっただろうし」

「一樹は、引き止めようとはしなかったんですか？」

「止めないでしょ？」

「夢を……応援できないような男じゃないかな」

「それもあるけど……広い海に小さい島があって、お互い流れ着いて気が合って、それなりに居心地もよかったけど、その島にいてもただの遭難者のままだからまた波に乗ることにしたみたいな？」

綿井は、手に入れた城であるどっしりとしたカウンターのように落ち着いて見えた。無数のボトルの並んだバックバーを背にしているせいか、十年、二十年かけて海原を旅するボトルメールを連想する。

杜野の部屋で目覚めた朝、その寝顔にボトルを思ったことも。

「喋り過ぎましたね」

唐突に綿井が言い、カウンターの上で水滴を浮かべたサイドカーのグラスに気がついた。

ショートカクテルは素早く飲むのがマナーだ。温くなっては味も落ちる。

戸原は慌ててグラスを手にした。

「俺もです」


一杯だけで店を後にした。

べつにオールまで流された小舟に乗っているわけでもなく、前も後ろも歩きやすいアスファルトの地面が続いている。空には月まで出ていた。冬の夜風だけが冷たい。

戸原は赤くなった鼻をダウンジャケットのスタンドカラーに埋めようともせず、前を向いて歩いた。

誰も悪くはない。杜野も、今までなにもなかったわけじゃないと前に言っていた。

そりゃあ、そうだろう。三十代も目前で、恋愛事は『なにもありませんでした』なんて自分のほうが少数派だ。気づけば同性愛者でなくとも、社会的マイノリティ。

戸原は少しばかり自嘲しつつ、公園を過った。家までの近道だ。昼間は子供の遊び場になっていそうな公園は、駅や大きな通りからは外れており、夜間の人気(ひとけ)はない。

背後に足音を感じ、ふと不安を覚えて足早になる。

「やっぱり一人じゃん」

声にビクリとした。振り返り見れば、黒いライダースジャケットの男がぴったりと後をついてきている。

『Cumulus』で声をかけてきた客だ。

「あんたのさっきの話さぁ、気になったんだけど」

まさかカウンターの会話を聞かれてしまったのか。離れた奥のテーブル席にいたはずだと、戸原は顔を強張らせ、男は一蹴するように言った。

「よくよく考えたら、全部『元』じゃん」

「え？」

「元ノンケ、元ホモフォビア。あんた、今は？　今はどうなんだよ？　男好きになったから、あの店に来てんだろ？」

「そういうわけじゃ……」

「『会員制』、表にも書いてあったろ？　あれ見てゲイバーと知らずに入る奴はいないね。男に興味あるくせして、なに澄ましてんだか」

身を翻そうとして腕を摑まれる。

「ちょっとっ……」

「約束の男も来ねぇし、男漁りに来てんのはそっちじゃねぇか。ケツは癖になるからなぁ。あんた、どぉみてもネコちゃんだし？」

酒臭い息。近づく顔に男がだいぶ酔っているのを感じ、戸原は本格的に焦った。

「はっ、放してください」

「放して～だって、可愛いのな。うわ細っ、こんなヒョロヒョロで一人でうろついて、危ないんじゃねぇの？」

――危険人物はおまえだ。

後ずさって逃げようにも腕は自由にならず、密着する男に軽くパニックになる。かくなる上は悲鳴を上げるしかと口を開いたつもりが、上手く出ない声に自分でも驚いた。

壊れた笛のようだ。口をパクつかせても、掠れた音しか出せない。

足まで縺れさせ、後ろに倒れ込もうとしたそのとき、背後で声がした。

「腕を放せ」

普段より低い、よく知る男の声。驚きに心臓が弾む。同時に安堵もしていて、受け止められた背中に体温を感じた。

「放せ」

繰り返す杜野は、男が反応する前にバッと戸原から払いのけた。一時でもそこに留まっているのが看過できないとでもいうような、激しい仕草。

「なっ、なんだよ、おまえ……」

唖然とする男のだいぶ頭上に、睨みを利かせた杜野の顔はある。

「約束の相手だ」

「……はっ、あんたがネコちゃんの男か。そんなに大事なら、さっさと来りゃいいだろうが！」

酔いも醒めた風な声の男は、「クソ」と小声でお約束のように言い捨て、歩き去って行く。力が抜けた。支えがなければへなへなとへたり込むところだ。

約束などしていないはずの杜野と、背中を預けたままの戸原だけが残った。

杜野はスーツにコートのいつもの仕事帰りの姿だ。

「なんでここに……」

「アカネさんが連絡くれたんだ。おまえのラインも反応ないし、家にも行ってみたけど帰らないから、もしかして『Cumulus』かもと思ってな……綿井さんの店に電話して訊いたら、さっき出たとこだって言われた」

「あー……そう」

頭がよく回らない。戸原は、支えられた身を起こそうとして、自分が震えているのに気づいた。

寒い。けれど気温のせいじゃない。杜野が手を取り、一つしかないベンチのほうへと導く。

「とにかく座れ」

座らせた男がなにか探している素振りなことに気づいた。落ち着かせようとしてくれているのだろうと思い当たる。

「……ここ、自販機とかない」

「そうか」

隣に並び座った杜野は、戸原の手をもう一度握り締めてきた。もう震えは止まっていたけれど放さずにいる。それだけのことにホッとして、ひどく嬉しいと感じる自分もいる。

「おまえが来てくれて、助かった。今日は出張じゃなかったのか？　アカネさんも、声かけたけど断られたって」

「早く帰れた。おまえに連絡しようと思って、アカネさんには悪いけど出張のままにしといた」

「そうだったんだ」

「まさか、アカネさんからまた連絡くるとは思わなかったけどな……綿井さんのこと、言っておかなくて悪かったよ」

アカネの連絡は、綿井との関係を自分が知ってしまったからだったのだろう。

酒も飲まず、注文したスモークチキンにも手をつけずに帰ってしまえば当然か。

「謝られるようなことでもないけど……なんで俺には言ってくれなかったんだ？　あの店で、俺と付き合ってるのは言ったくせして」

「おまえは知りたくないかと思って」

「べつに過去の恋人の一人や二人、いたっておかしくない年齢だろう？　もうお互いいい年なんだし」

軽く口にしたつもりの言葉が少しもふわりとしない。

いくら口先だけ軽量化したところで、自分にはなかった経験だ。遊びも本気も。これまで、途中には一つも。

沈黙した杜野も、そう感じているに違いない。

戸原は、自身の本音を探るように口を開いた。

「本当言うとさ、全然気にならない……って言ったら、嘘になる。あの人、俺なんかより大人だしな。でも、おまえが……俺に合わせようとして黙ってたなら、そのほうが嫌だ」

「どういう意味だ？」

「言葉どおりの意味だよ。俺のレベルに合わせてくれなくていい。いつまでも子供扱いされてるみたいでさ……俺はもう高校生じゃないんだ。ただでさえ面倒くさいのに、もっと面倒な奴にはなりたくない。変な特別扱いはいらないから」

「特別扱いって……」

ふと思い出したのは、杜野が休みに遊園地に誘おうとしたことだ。青空いっぱいの視界から急降下するジェットコースター。

「おまえさ、最近よく俺に……可愛いとかも言うよな」

戸原はぼそりと続けた。

「可愛いって年じゃないだろ。確かに俺は成長してなかったかもしれないけど、可愛い可愛いって、高校生……どころか小学生みたいに」

置いて行かれているようで、嫌だったのだと今は判る。先に大人になった男と、自分との間の埋まらない隙間がそこにあるかのような気がして。

些細な言葉への拘りこそ、幼さの表れ。口にした傍から後悔したようにぎゅっとなる戸原に、杜野は静かな声音で言った。

「それは、『可愛い』の後に続く言葉をおまえが聞いてないだけだ」

「……え？」

「俺が言わなかったから、おまえに届かなかった」

真っすぐな声音。

「可愛い。可愛い……大事にしたい」

少しだけはにかんだように笑んだ男は、繋いだままのベンチの上の手に力を籠めた。

「やっと手に入れたおまえを大事にしたいと思って悪いか？　やり方は間違ってたかもしれないけどな。特別扱いじゃなくて、特別なんだ」

「……付き合ってるから？」

「それもあるが、おまえは俺が初めて惚れた奴だしな」

ふっと視線が泳いだ。遊具もろくにない公園の、見るものもない暗がりを男の眼差しは彷徨う。

　杜野も照れることがあるのだと思ったら、なんだか嬉しいやら、こちらまで照れくさいやらだ。

「バーテン服好きってのは？」

「はっ？」

「綿井さんが言ってた。おまえがバーテンダー服が好きみたいって」

「なんだそれ。あの人、なに言って……」

「あー……ごめん、ちょっと言い方違ったかも。でも、だいたいは合って……見かけたバーテン服の男にドキッとしたみたいな？」

　杜野は憮然と即答した。

「おまえのことだろ」

「……え」

「おまえだよ。昔、通りすがりに働いてるところを見かけた。店の前で客を送り出してて……開いたドアから、ボトルがいっぱい並んだカウンターが見えた。俺も仕事の接待帰りで、酔ってたから夢でも見たのかって、しばらくは思ってたな」

　杜野はタクシーの中から、その光景を目にしたのだという。うろ覚えだと言う場所を確認すれば、昔バイトをしていたバーの辺りだ。

最初はただのアルバイトのつもりが、癖のあるオーナーバーテンダーの店主にしごかれ、客の前で恥をかくまいと学ぶうち、アルコールの奥深い世界に嵌まったあの頃。

「あ……そうなんだ」

驚きのあまり、素っ気ない反応になる。

「言っとくが、おまえの想像以上に俺のほうが子供だ」

「え？」

「おまえと付き合えて浮かれてる。もうガキじゃないのは確かだけどな、べつにここから始めたっていいだろ」

「ここから？」

「こんな風に公園のベンチ座って、放課後にコーラ飲んでたときだよ。そのまま続き始めたらダメなのか？　年齢とか今までの経験に合わせて、欠けた十年、スキップしなきゃならないのか？」

開き直ったように告げる男の言葉に、戸原は目を瞬かせた。人目を引くほどしっくり嵌ったスーツ姿で、杜野はむすりと続ける。

「だいたい、バーで大人ぶっても大酒飲みになったくらいで、みんな中身は大して変わっちゃいない」

それは『クラウディ』の面々の話か。

「お酒はそうでも、ほかはどうだか……」

「ほかって？」

「百戦錬磨って感じの人、少なくないし」

「百戦……アカネさんとかか？　意外と見掛け倒しっていうか、ああ見えてガードが硬いぞ。最近は浮いた話聞かないし」

「ぜ、全体的にだよ。みんな経験豊富っぽいけど、いいのかよ」

どうにも歯切れが悪くなる。その度に杜野に突っ込まれ、戸原は追いつめられる。

「いいって……なにがだ？」

繋いだままの手がじわりと汗ばみそうになり、堪えきれずにパッと放した。

「俺はまだノンケ臭いみたいだし、二回目もナシにされるし、メチャクチャ頑張って泊まり誘ってもおまえに逃げられるし、すごいセックスもできないけどいいのかよって言ってんだよ」

自分の言葉にくらりとなった。

サイドカーの酔いが今頃回ってきたのかもしれない。『オレンジ風味のなにか』だろうが、ビシッと決まった綿井のサイドカーだろうが、さらりと飲めても度数は高い。

杜野は絶句していた。

瞬く間にいたたまれなくなって、「もういい」と撤回しようとすると遮られた。

「悪い。情報が多すぎて、混乱したっていうか……すごいセックスって？」

よりにもよって、突っ込みはそこかと思いつつも、滑り出した口は止まらない。

「た………立ちバックとか？」

「誰がおまえにそんなことを？」

「手島さんが言ってた。一番いいって」

「なんで、伸也(しんや)とそんな話……ほかの奴にもその話してないだろうな？」

「当たり前だろ」

眼差しは疑わしげだ。溜め息まで添えてくれる。

「……本当に、さっきの奴の言うとおりだな」

「え？」

「俺がしっかりしてないから、危ない奴にも目をつけられる」

「さっきのは、前も『Cumulus』で会った客だよ。ただの酔っ払いだ」

「そんなわけあるか。おまえに目をつけて、店に通い詰めてたんじゃないのか？」

被害妄想を逞(たくま)しくさせた杜野に、呆気(あっけ)に取られた。冷静だとばかり思っていた男が、急に我を忘れた子供のようにも映る。

「いや……ないない、俺にそんな魅力ないし」

「戸原、おまえ……どうしてそう無自覚なんだ？」

『クラウディ』の客層からも自分は浮いており、自慢するような筋肉もない。酔っ払い以外のゲイに声をかけられたためしもなく、なにより――

「一樹だって警戒してなかっただろ? 『クラウディ』じゃ、俺とはただの元同級生のままだし
……それって、フリーでほっといても俺は平気って信じてるからじゃないのか?」

これでは、みんなの前で恋人宣言してほしかったと言わんばかりだ。

意を決して吐露したにもかかわらず、杜野の溜め息が増えただけだった。

「ただのフリーじゃないだろ。ストレートのフリーだ。おまえがノンケのゲイ嫌いでいてくれたほうが、俺にとっては都合がよかったっていうか」

言い終えると、気まずそうな表情になる。

「おまえも、今までどおりがいいんだとばかり思ってた。俺の勘違いなら謝る」

「そうだな……嘘はつきたくない。俺はゲイが嫌いなわけじゃないし、それに……一樹のことも、好きじゃないってことになってしまうだろ?」

やっと本当の気持ちを認められたというのに。

「戸原……そうだな。そうだったな」

戸原は言葉に笑み、応えようとしてクシュンと派手にクシャミをした。静かな公園に、思いのほか響いてあっとなる。

「帰ろう」

杜野が先に立ち上がり、手を取り合ったのはどちらからともなくだった。手を繋いで歩いた

ところで誰も見ていないし、もし誰かと擦れ違っても、ゲイタウンから紛れ込んできた浮かれたカップルと思われるだけだ。

歩みに揺れ出した月が丸い。先週はぼんやりと半月だったはずの月が、いつの間にか満ちている。餅つきをするウサギはどの辺にいるのか、仰げば輝きに当てられたように二度目のクシャミが出た。

言い訳に戸原が「寒い」と呟けば、恋人は「三分で帰りつくかな」と答え、繋いでパワーアップしたかもしれない手をぶらぶらと揺らした。

誘ったり誘われたりの言葉もないまま、戸原のマンションへ帰りついた。

部屋の明かりを灯したのに、視界はすぐに暗くなる。覆い被さってきた男の身に、眩しい光は遮られる。

「一樹」

軽く声を上げたものの抗議にはならず、抗うつもりもなく唇が重なり合った。やっとこのときが来たとでもいうようなキス。路上でも、戸原の部屋へ向かうエレベーターの中でも、手を繋ぐ以上のことはしなかった。

さすがに三分では辿りつけなかった帰路の間に、密かに焦れていたのが自分だけでなかったらしいと知り、嬉しい。

まだ冷えた部屋にもかかわらず、アウターを脱がせ合いながら奥へと向かった。

「わ……」

足を縺れさせ、奥の部屋に辿り着く。入ってしまえば、ベッドはすぐそこの狭い寝室にもかかわらず、入口の壁に背中を押しつけられ、戸原は戸惑った。

普段は上着をかけるスペースだ。収まるべきダウンジャケットは、たぶんキッチンのカウンター辺りに落ちている。杜野のコートもその辺りで、スーツの上着の現在地は二人の足元。

緩めかけたネクタイは、リアルに戸原の手の中だ。

縋るようにぎゅっと握り締めた。

「……あっ……こっ、ここで?」

胸を喘がせながら問うと、杜野は色っぽく唇を綻ばせる。

「立ちバックが希望なんだろう?」

「そ、そんなこと言ってない、手島さんが言ってたってだけで……」

「伸也とどこでそんな話してるんだ?」

「うちの店で酔っぱらって、聞き違いで変なこと言い始めて……おまえも、そういうの……本当はしたいのかと……思って……」

声は尻すぼみだ。また分が悪い。性的な話になると、戸原は途端に余裕も自信もなくなる。

ずるずると顔まで俯かせかけたところ、返事代わりのようなキスに襲われた。

「……んぅっ……いっ……一樹？」

「そんなこと言われたら、我慢も限界になるだろうが……こっちはいろいろとイイ男でいようと努力してたつもりだってのに」

その努力によりセックスから二度目が失せたのなら、いらない気遣いだったとしか言いようがない。

杜野が自分にとって『イイ男』であることは、最初から変わってもいないけれど。

「苑生……好きだ」

ストレートな愛の言葉。

眼差しに体に火が点る。

「俺も……」

唇を塞がれ、熱いキスに応えた。

悪戯になった男の両手が、細身の黒いパンツに包まれた腰を彷徨う。カーキのニットをたくし上げられ、施される愛撫が胸元から下半身へ移ろうとすると、戸原はその場にしゃがみかけた男のシャツを摑んだ。

「いっ、一樹……お、俺がする」

アレをするのだと思った。

杜野しかしたことのない愛撫。

「……シャワーもまだだぞ？」

「する……ていうか、したい。させてくれ」

確かにシャワーもシーツの交換もまだだけれど、そんなことはどうでもいい。つまらないことだと今は思える。

戸原はその場に腰を落とした。上半身だけでも身をゾクゾクとさせるような杜野の体は、厚い腰を前にすると、じわっとなにか溢れそうな感覚になる。

実際、両目を潤ませた。

「苑生……本気か」

返事代わりにスラックスを寛げ、性器に触れた。

驚くほど抵抗はない。隣室からの明かりだけで、寝室がほの暗いのも戸原を大胆にさせ、両手で包んだものに躊躇いなく唇で触れた。

手では何度かしたから、形は覚えたつもりだった。杜野のものは自分のそれよりだいぶ大きい。伸ばした舌をチロつかせてなぞると、一層大きく長さも増したように感じられる。

高まる鼓動に合わせるように、猛々しく育っていく。

「……ふ…っ、う……」

ろくな技巧もないのに応えてくれるのが嬉しくて、咥えようとしたものの想像どおりにいかず焦った。亀頭を頬張っただけで、フーフーと唸るみたいな息遣いに変わる。

「……まだ、先っぽだけだぞ？」

指摘されて涙目だ。

上目遣いに杜野を仰げば、男の眼差しに熱が籠るのを感じた。

「もう、いっぱいか？」

唾液に濡れた唇に触れられる。大きく開けたつもりの口を指の腹が優しくなぞり、真っ赤な頬から、涙に濡れた眦をも辿る。

温かい両手に包まれホッとしたのも束の間、ぞくんとなった。じわりと腰が動いて、咥えたものが深くなる。

「苑生……本当に可愛いな、おまえは」

杜野が自分を名前で呼ぶのは、大抵情欲を漲らせているときだ。『可愛い』の真の意味を思い返せば、戸原も体の芯のほうまで熱くなる。

大切なのは自分だって同じで。

「……ふっ、ぅ」

「顎、緩めてろ」

「ん……っ、ふ……ぅ……」

「……ああ、その調子でいい。全部はしない」

じりじりと喉奥までいっぱいになる。息苦しいほどの圧迫感。ざらつく上顎も舌も、熱い強張りに張りつかせるしかできない。

拒めない、雄の匂い。腰を引かれたかと思えば戻ってくる。否、自分の頭のほうがゆっくりと動かされているのかもしれない。嫌じゃないのが不思議だった。癖のある酒でも味わうときのように、次第に窮屈な中でも自ら舌を動かし探ってしまう。

——もっと。

もっと感じ取ろうと五感までをも鋭くさせる戸原は、一方で体はくたくたに弛緩させた。服の下で感じる違和感。もじりと尻が動いた。細いパンツの前はもうきつくて痛いくらいなのに、どこかが緩んでいる。じわじわと潤んで濡れてくる。

「ふっ、あ……」

唐突に、頬張っていたものを奪い取られた。

「あ……ま、だっ」

無意識だった。やっと馴染んだオモチャでも取り上げられたかのように、戸原は回らない舌で声を上げる。

「もういい、よすぎて出ちまう」

身を引き起こされ、立たされると元の壁へと押しつけられた。

「最後まで……」

『すればいいのに』という言葉は、口づけに飲み込まれる。

浮かべた涙は引く暇もない。服を脱がせ始めた恋人は、その間も休まずに戸原を泣かせた。

触れられてもいないのに勃起した性器を暴かれ、「先っぽが濡れてる」「どうしてだ?」と問われる。初めての口淫で感じてしまったのを、戯れの言葉でも、ぬるつく指でも執拗に教えられ、戸原はとうとう啜り喘いだ。

「や…っ……」

「……すごいな、どんどん濡れてくる」

クチクチと上がる卑猥な音に、眦に新たな雫が浮いた。

「もう言う……なよ、昔は……そんなっ、奴じゃなかった……」

「俺はなにも変わってない。言うようになったか、腹に溜めてたかの違いだけだ」

「……最低だ」

「最低ついでに言ったほうがいいか? 高校の頃、俺がどんな目でおまえ見てたか……正直、避けられるのもしょうがないって、思い始めてたな」

「……あっ……や……」

「こんなこと考えてたんじゃな」

どこか自嘲的に零しつつ、杜野は唇を押し当ててきた。

髪に、こめかみに——濡れた眦にも。

「おまえの制服の下はどうなってんだとか、ここの形は、色は……触れたらどうなるんだって、本当に最低の『友達』だった」

「うそ……」

あの口数少ない浮ついたところのなかった杜野が、それじゃただのムッツリだ。

人は見かけによらない。なんて言葉を思い返す戸原は、ふるっと身を震わせる。

「……ここの具合も」

するりと腰に回された手。先走りに濡れた指が、滑り込むように狭間（はざま）の奥へと触れた。

「あっ……」

「柔らかいな……指ならすぐ行けそうだ」

「……や」

感触を確かめられただけで、ただでさえ赤く染まった頬や耳が熱を持つ。杜野と付き合い始めてから、自分でも触れるようになったのを知られてしまった気がした。

外側を弄るのが精いっぱいで、切なくなるばかりのあの行為。

「あっ、あっ……なか……」

長い指が入ってくる。シャツの肩口に顔を伏せると抱き留められ、右手が逃さずあの場所を探り始める。

「ふ……ぁ……」

いつも愛撫に泣かされるポイント。刺激に弱い前立腺を淫らな指使いで捏ねられ、戸原は声を上擦らせた。すぐにもそこが張り詰めたようになり、性器みたいに硬くなっていくのが判る。すごく感じる。

どうしよう、なんかいつもより——

「ふ…っ……ぁっ……ぁ、ん……」

ゆるゆると頭を振る戸原のこめかみから耳元へと、杜野は唇を這わせた。赤く染まった耳を悪戯に食み、舌先で耳殻を擽る。

「指、増やしていいか？」

低い声。淫らな提案に、囁き一つで疼くことを覚えた下腹の辺りが、きゅうっと迫り上がるように熱くなった。

訊かなくてももう大丈夫なのは判るくせして、言葉にする男に戸原の身は捩れる。

「あ……あっ……や…ぁ」

二本目の指は、縫い込むようにじわりと沈み込んできた。たぶん人差し指。深々と奥まで届くほど長い。

異物に閉じようと収縮する壁をグッと左右に割られ、戸原のそこはひどく嫌がった。具合を確かめるように中でぐるりと回され、ヒクッとしゃくり上げる。

「……ゃ、それ…っ……動かすの、やっ……」

「大丈夫だ、柔らかい……これくらい、開けられなくてどうする？　もっと太いのをここに入れるんだろう？」

「でも…っ……」

突っ伏していた顔を肩口から起こせば、濡れたように光る双眸に射抜かれる。

すぐにうやむやに見えなくなった。

唇が重なる。陶然となるキスに宥められ、奥まで幾度も開かれる。行ったり来たり。指は戸原の中から現れては奥へと消え、また現れる。

「んっ……んっ、ぅ……ふ…ぁっ……」

「……苑生、後ろ向けるか？」

ずるりと指を抜き出された戸原は、言葉にもぞくんとなった。

手島の言っていた淫らな体位だ。壁に両手をつき、引き寄せられるままに腰を突き出す。

けれど、もう両足はガクガクで、杜野に先端を宛がわれただけで膝は笑ってしまっていた。

「……ぁっ……いっ、一樹…っ……」

指を立てるも、白い壁は素っ気ない。自重すらも支えきれない体はすぐに沈み、ずるずると崩れそうになる戸原は助けを求めた。

「一樹っ、だめ……俺、ダメ…だっ……でき、なっ…い……」

「……ここでするのは無理か？」

「あ…っ、ごめ…んっ……俺……」

「俺も自信ないから、ちょうどいい」

背後で響いた声。抱え起こす男に身を反転させられ、戸原は驚きのままに仰いだ。

「え……」

「立ち食いなんて行儀悪いこと、したことないからな……ていうか、なんで普通に経験あると思ってんだ、おまえは」

「あ……」

心外だと言いたげだ。ゲイだからと言って、誰もがゲイバーで出会いを求め、恋愛もセックスも自由奔放なわけではない。

「ベッド、行くか？」

戸原はしがみつき、コクリと頷いた。

数歩先が遠く感じられたベッドも、杜野に抱かれればすぐだ。脱力した戸原は突っ伏しながらも、恋人がネクタイを抜き取る音に耳をそばだてた。

少しだけ身を捩り、自ら服を脱ぐ男を見つめる。

体が熱い。途中で止めたせいで余計に欲しい。触れられてもいないのに、焦れた体は炙られてでもいるみたいな感覚で、戸原は伏せたまま自ら尻を高くした。

露わな狭間に垂らされたローションは、以前杜野が用意してくれたものだ。たっぷりとした滑（ぬめ）りが伝う感触にも、それだけでシーツに強く指を立ててしまう。

「……ぁ…んっ……」

とっくに性器に変えられた場所が切ない。

ヒクヒクとはしたない期待に蠢（うごめ）く。柔らかに綻んだ窄（すぼ）まりは、クチュッと二本の指を穿（うが）たれてもろくな抵抗はなく、戸原は鼻にかかった甘え声だけを漏らした。

「……挿（い）れるぞ」

待ち侘（わ）びた杜野をねっとりと飲み込む。奥へと招き、その形にぴったりと吸いついて、押し込まれても抜き出されても、もうとろとろとした先走りが浮き上がるばかりだ。

ぐっしょりと前で濡れそぼる性器を感じ、シーツに縋る戸原はぐずぐずとした啜り泣きを大きくする。

「……きついか？」

「や……そこ、ぁ…っ……そこ、気持ち……よくて…っ……」

首を振り、額や頬を擦りつけた。

「ここか？」

「あっ、あっ……ぁん…っ……や、しり……ヘンっ……」

「……いつもより張ってる。わかるか？」

「あ…ぁっ……そこ……」

「しばらくしてなかったからな……ずっとここを腫らしてたのか？」

「そんな、わけ…っ……ぁっ……」

敏感に張り詰めた前立腺を、嵩(かさ)のある先端で幾度も引っかけるように刺激され、戸原はしゃくり上げる。

「や…ぁっ、あっ……あっ……いや…ぁ」

「嫌か？　おまえのイイところだろう？」

「でも……そこ、ばっか…り…っ……あっ、あっ、ん…っ……ぁ…んっ……」

「はっ、やばいな……おまえの中、気持ちいい……」

「やっ、そこ……もっ、へん、ヘンだから…っ……しな…っ……あっ、あ…っ、あっ……」

「ああ、前がもうドロドロだ……はっ、俺も……クるな、これは」

荒い息遣いを背中で感じた。

ハッハッと響く、切れ切れの熱い息。無我夢中になるほどの快楽を自分も杜野に与えているのだと思うと、頭の奥まで痺れそうになる。

――嬉しい。

やばい、気持ちいい。

「あっ、あっ、もっ……」

「……苑生」

「いっ、一樹…ぃっ……あっ、もっ……いっ……ちゃう、出ちゃ……あっ、あっ、あっ、いっ、いいっ、い……いっ……」

　無意識に腰が振れた。カクカクと前後に卑しく揺さぶり始めた戸原は、まさに絶頂感に包まれようというところで声色を変えた。

「ひ…ぁっ……」

　か細い悲鳴を上げる。射精を阻まれた。いつもなら促してくれる男の指が、達せないよう性器の根元をきつく縛める。

「やっ……なん…でっ？　いや…だ……」

「……おまえはすぐイクからな」

「……でもっ、もっ……もう、俺……」

「ダメだ。今日は一緒に」

『少し我慢してろ』と命じられ、堪えようとするも、すぐに声は啜り泣きに変わる。

「や、や…っ……そこ、もうっ……」

「本当に感じやすいな、苑生は」

「いっ、きっ……一樹っ、も……むりっ、無理だって……出し、たいっ……」

　どうにか逃れようと左右に腰を揺さぶるも、抵抗はどうやら杜野を悦ばせるだけでしかない。

「も、だめ…っ、もっ……に、ホント…っ、あっ……あ…ぁっ……」

ガクガクと腰が揺れる。

やがて、べしゃりと崩れ落ちた。

少しなりと逃れたと思ったのも束の間、また深々と貫かれて泣き喘ぐ。重たい体を受け止め、ぴったりと隙間なく重ねられたスプーンのように、戸原は寝そべるまま強く揺さぶられた。

「……逃げるな」

律動に、ズッと体が前にのめった。

「……や、ふかっ……ぅっ、んん…っ……」

杜野を深く感じた。グッと嵩を増した屹立に、激しい興奮が伝わってくる。蕩けたアナルがじゅっじゅっと音を立て、快楽を得ている場所を知らしめる。

「あ…ぁっ、い…っ、いっ……」

圧迫感と重たい官能。激しい抱擁と潰れそうなほどのきつい摩擦を受け、感じやすいあの場所が爆ぜるような快感をもたらした。

爪先まで快楽に満たされ、戸原は痺れる絶頂を味わう。

「……ぁっ、ぁ……」

温い吐精を腹の下で感じた。

同時に、脈打つように流れ込んでくる杜野の熱も。乾くことのない眦からは、新たな粒が膨れて涙に変わる。

荒い息遣い。どちらのものか判らない。身じろぎもできずに、どれだけ聞いていたのかも。

「苑生……」

重たく伸びた体を返され、涙で濡れた顔で戸原は仰いだ。

そこら中が熱くて、きっと顔も真っ赤でグチャグチャで。見られたくないのに見られてしまい、しかも注がれる眼差しはひどく優しい。

まるで、愛しいものでも杜野はその目に映し込んでいるかのようだ。

少し遅れて『本当にそうなんだ』と思ったら、心の奥でもなにかが溢れた。甘くてきゅんとして、杜野が見ているのに残滓がまたとろとろと零れる。

「……一樹」

「大丈夫か？　気持ちよかったか？」

杜野は、濡れた顔に口づけた。

頬にも、唇にも。

戸原はコクリと頷き、またポロポロ涙を溢れさせた。

「おまえとセックス……ずっとしたかった」

この半月ほどできずにいた期間のことか、十年のことだか、自分でもよく判らない。

「……そっか」

男は黒い眸を眇めるようにして、笑った。

嬉しそうにもう一度キスをして、潤んだ性器に触れられた戸原は軽く身をくねらせてから言った。

「もう一回、して?」

「お望みなら何度でも」

キスにキスで応える。シンプルなカクテルのレシピのように。

ふと思った。

シェークとはなにか。風味を強く残すステアと違い、空気を含みながら氷の間を幾度も行ったり来たり、潜った酒は角が取れて丸くなる。

セックスもそうかもしれない。肌を合わせることで、深く心も解放されてなだらかになる。

今、この瞬間がそうであるように。


「戸原さん、チェリーだって本当ですか?」

立て続けに入ったカクテルの注文をこなし、『9』のカウンターで一息ついていると、バイトのウェイターの内野(うちの)に耳打ちされた。

戸原は静かにギョッとなる。

「昨日、お客さんが言ってましたよ。ほら、女性客の……」

「浅井さん？」

「そう！　戸原さんが珍しく月曜に休みだったから寂しそうで。俺でよければって話し相手になってたんですけど、戸原さんがいないとマラスキーノ・チェリーのないマンハッタンみたいだって」

「あ、マラスキーノ・チェリー……」

今カウンターの作業台にもある、瓶詰の砂糖漬けチェリーに視線を落とす。動揺しすぎの戸原に、内野は不思議そうな顔だ。

「なんのチェリーだと思ったんですか？」

「いや……そういえば、前もそんなこと言ってくれてたね、浅井さん。月曜は休んで悪かったよ」

自分で言葉にしながらも心臓に悪い。

日曜の夜、久しぶりに杜野を部屋に泊め、羽目を外しすぎた。出張の代休で月曜が休みになったなんて言うから、二回目はもちろん翌朝も追加で、加減を知らないアルコール初心者みたいなセックスをしてしまい、店のシフトを変わってもらうことになった。

バーテンダーとしてプロ失格なのは反省しつつも、断じて自分はもうチェリーではないと思いたい。

――あらゆる意味において。

「戸原さん、カウンターで目立つし、カクテル美味いし、まぁこの店の花形には違いありませんよね」

「褒めてもなにも出ないよ」

「俺もこういうのできるようになってみたいです」

シェーカーを振る仕草をして見せる男に、くすりと微笑む。

「今度教えるよ」

調子の良さはある意味バーテンダーに向いている。きっと客も内野となら楽しく話せることだろう。

「いらっしゃいませ」

また『9』の扉が開いた。

今日は開店すぐから客が途切れない。オーナーに直談判して、店の前には判りづらい看板だけでなく、メニュースタンドを置くようになったからじゃないかなんて思っている。

ホスト紛(まが)いの営業に走るバーテンダーを出さないためにも、この店はもっと素直な客寄せをすべきだ。

立ち姿も美しいタイトなバーテンダー服姿で、笑みを湛(たた)えた戸原が入口を見ると、入ってきたのはよく知るスーツで長身の男だった。

「戸原、ここいいか？」

杜野はぐったりと精魂尽き果てた様子で、カウンターの人気の少ない位置を選んだ。知り合いと察した内野は、さり気なくその場を離れる。

「どうかしたのか?」

戸原は声をかけながら、銀色のトレーのおしぼりを差し出した。

杜野が店に来るのは珍しい。付き合い始めてからは、『仕事の邪魔になると悪い』と言って一回しか飲みに来ていない。

コートも脱がないまま腰をかけ、よほどの状況であるのを会話でも匂わせる。

「おまえ、当分うちには姿見せないほうがいい」

「え、『クラウディ』でなにか?」

「……すまん、みんなに話してしまった」

焦点のぼやけた詫びでも判った。

交際についてなら、自分のほうがオープンにしたがったのだから、どのタイミングだろうと『勝手に』と怒ったりはしない。

「べつにいいけど、どうして急に?」

「伸也が……おまえに惚れられたみたいって、浮かれてて」

「はっ!?」

戸原は大きな声を出してしまい、グラスでも落としたかのように気まずい顔になる。『失礼しました』と心で詫びるも、店内の客たちは誰もこちらを気に留めている様子はなかった。

この流れで、手島の名前が飛び出すとは思わない。

「惚れるって、そんなわけないだろう」

「わかってる。わかってるが、あいつは本気なんだよ。冗談で言ってるんじゃないから、たちが悪いっていうか」

杜野は頭を抱えるように言った。実際、困惑顔の男は張りのある黒髪に触れる。

「伸也の奴、なんでそんな勘違いしたんだろうな」

「あ……」

すっと腑に落ちるように思い出した。

このカウンターでの会話。『好きな人』だの『好みのタイプ』だの訊いたせいで招いた誤解が今更クローズアップ。もちろん思わせぶりにしたつもりはないし、まして『体位』など訊いてもいない。

「戸原？」

「あー……うん、ちょっと俺にも心当たりはないかな」

「あいつ、勘違いの多い男だからな。根は悪くない奴なんだが、まさかここまでとは」

杜野の深い溜め息に、珍しくポーカーフェイスを作るのに苦戦しつつ尋ねた。

「誤解は解けたんだろう？」

「一応な。けど、今までただの同級生で通してたし、反動が大きすぎたっていうか……今度顔出したら、たぶんおまえやばい質問攻めに遭う」

「はは……」

元同級生でなくなっていたことより、みんなの関心事はノンケが元ノンケに変わっていたところだろう。

戸原は、意味もなく目の前の赤いチェリーの瓶詰を手にしてしまいそうになりながら答えた。

「まぁ、しょうがないさ……なんとかなる。それで、今夜のご注文は？」

バーテンダーの顔を、どうにか取り戻す。

黒いベストの背筋を伸ばせば、カウンターの男も客の空気を纏った。杜野はコートを脱いで寛ぎ、思案気に視線を彷徨わせてからオーダーを決める。

「とりあえず、マティーニで」

どこか挑むようなその眼差しは心地いい。

バーテンダー冥利に尽きると思いつつ、戸原は微笑んで受けた。

「かしこまりました」

杜野にとって今日のマティーニがどんな味わいになるのか判らないけれど、バーテンダーとしてはいつもと変わらぬ味を求めてベストを尽くすまでだ。

戸原はバックバーを振り返った。

いつものジン、タンカレーのグリーンボトルに手を伸ばしながら、クロールで泳ぎ出すように遠い海を思う。

杜野が十年先に海へ出たボトルであるなら、波に揉まれたシーグラスのように輝きは異なるかもしれない。けれど、二十年、三十年と経てば、少しくらい遅れたところで、その差はほとんどなくなるだろう。

まずは沖に見えるあの島を目指す。

海へ出るのに、きっと遅すぎるということはない。

あとがき

皆さま、こんにちは。はじめましての方には、はじめまして！

居酒屋ではとりあえず日本酒、バーならとりあえずジン・トニックで様子見します、一人飲みもどんとこい砂原(すなはら)です。またまたご無沙汰しておりました。

作中でバーやカクテルが登場する機会はありつつも、バーテンダーの話は初めてかなと思います。ホストは何度か書いたので、なんとなく近い世界を掠めた気がしていましたが、やはり全然違う！　お酒の世界は奥深く、表面に触れるだけでも楽しかったです。

うっかり家でもカクテルが飲んでみたくなり、このところスーパーのお酒コーナーでもボトルを眺めたりしています。付き合う相手によってファッションや雰囲気の変わる女性みたいな私。作品によってコロコロと趣味が変わるところがあるなと最近気づきました。調べるうちに興味が深まり、書き終わってもまだ一人で走り続けてしまう感じです。今は「とりあえずマティーニ！」がとりあえずしてみたくてたまりません。

このお話の本編の小説キャラへの掲載は二年ほど前になります。「えっ、そんなに経ってた⁉」と月日の流れに驚くと同時に、私の記憶もだいぶ沖合に流されており、岸辺に連れ戻してみれば（読者気分で再読）、戸原が想像以上に面倒くさいコでまたびっくりしました。もっとこうバーを舞台にした大人の話を書くつもりだったんじゃないのかな。

拗らせキャラが好きな私は、戸原の面倒なところも楽しみつつ続編は書きました。戸原の反動か、杜野はわりと大人、落ち着きめの攻です。もっと荒波起こしてもいいのよ！　とツッコミつつも、これはこれでバランスの取れた二人なのかなと思います。

すぐに記憶が流されてしまう私も、イラストは印象深く、二年越しでミドリノエバ先生に描いていただくのを楽しみにしていました。雑誌掲載時のカラーは、杜野の男前っぷりにハートを射抜かれていたのですが、文庫の表紙は戸原のキュートさにきゅんと！　グラスに収まった戸原の表情がなんとも可愛くて、「面倒くさくても許す！」という気分にさせてくれます。

ミドリノ先生、美しさとトキメキと「許し」まで装備のイラストの数々をありがとうございます。バーの非日常感がキラキラと舞っているような素敵な表紙で、手に取っていただける日がとても楽しみです。

願わくは、小説も楽しんでもらえますように。バー以外は日常的な恋物語ですが、なにかしらキラッと楽しめていただけると嬉しいです。読んでくださってありがとうございます。

いつも絶え間なく不甲斐ない私を導いてくださる担当さま、お世話になった皆さま、そしてお読みくださった皆さまに深く感謝しつつ。またお会いできることを願いつつ！

２０２１年12月　砂原糖子。

この本を読んでのご意見、ご感想を編集部までお寄せください。

《あて先》〒141－8202　東京都品川区上大崎3－1－1　徳間書店　キャラ編集部気付
「バーテンダーはマティーニがお嫌い？」係

【読者アンケートフォーム】
QRコードより作品の感想・アンケートをお送り頂けます。
Chara公式サイト http://www.chara-info.net/

■初出一覧

バーテンダーはマティーニがお嫌い？……小説Chara vol.41（2020年1月号増刊）

バーテンダーの恋人はチェリーがお好き……書き下ろし

Chara

バーテンダーはマティーニがお嫌い？……【キャラ文庫】

2021年12月31日 初刷

著者 砂原糖子

発行者 松下俊也

発行所 株式会社徳間書店

〒141-8202 東京都品川区上大崎3-1-1

電話 049-293-5521（販売部）

03-5403-4348（編集部）

振替 00140-0-44392

印刷・製本 図書印刷株式会社

カバー・口絵 近代美術株式会社

デザイン モンマ蚕（ムシカゴグラフィクス）

ISBN978-4-19-901052-1

砂原糖子の本

好評発売中

「小説家先生の犬と春」

イラスト✦笠井あゆみ

小説家先生の犬と春
砂原糖子
イラスト✦笠井あゆみ
Touko Sunahara Presents
締切厳守で原稿も早く、家事も完璧。
おまけにHまで上手なんて出来すぎだ。
キャラ文庫

出版すれば即重版で大ヒット、原稿も早い小説家の鑑――のはずが、利き手を怪我して締切破り寸前!? 初めての緊急事態に陥った犬明。そこにタイミングよく現れたのは元恋人の弟・春だ。「怪我をしたって聞いたから」と、住み込みでホームヘルパーを頼むことに!! 一緒に食卓を囲む二人暮らしにもすぐに馴染んだ春。ところが実は、密かに同じマンションに住む男の行方を捜索していたと知り!?

砂原糖子の本

好評発売中

「猫屋敷先生と縁側の編集者」

イラスト✦笠井あゆみ

華やかなファッション誌から、地味な文芸誌に突然の異動!?　畑違いの職場で一からキャリアをやり直すことになった編集者の晶川(あきがわ)。担当に任命されたのは、ベストセラー作家だけれど、超遅筆と評判の本屋敷平(ほんやしきたいら)だ。足繁く通っても不遜な態度で、縁側で猫と居眠りしてばかり。この男から原稿を取り上げて部員を見返したい──!!　ところがある夜、迷い込んだゲイバーで偶然、本屋敷と遭遇し…!?

砂原糖子の本

好評発売中

「アンダーエール!」

イラスト✦小椋ムク

百九十センチから見下ろす威圧感で、強面な剣道部のエース——。そんな親友・桝木の部活を、毎日放課後に見学していた折川。表情筋に乏しく不愛想な親友の良さがわかるのは俺だけだ…。ところがある日、桝木が学校一の美少女と付き合い始めて!? 「おまえが見てないと集中できない」無自覚に煽られて、応援するふりで熱く見つめ続けた恋心も決壊寸前——甘く切ない青春エール♥

砂原糖子の本

好評発売中

[灰とラブストーリー]

イラスト✦穂波ゆきね

大手広告代理店の出世頭から一転、総勢十名足らずの地方局へ――。CMディレクターの久我山(くがやま)が左遷されたのは、桜島を擁する鹿児島支部。外に出れば降灰で灰まみれ、バスに整列乗車すれば横入りされ――思わず毒づき、乗客の男と喧嘩してしまう!! しかも新居で隣人として再会したのは、さっき自分を叱った厭味な男・中馬(ちゅうま)で…!? 最悪の出会いから最高の恋へ――雄大な桜島で育む恋物語♥

砂原糖子の本

好評発売中

「シガレット×ハニー」

イラスト✦水名瀬雅良

目を惹く長身で人好きする爽やかイケメン、唯一の欠点はモテるのに無自覚なこと⁉ 「先輩が女だったら彼女にするのに」――無邪気に恋愛相談をしてくる職場の後輩・浦木。名久井はそんな鈍い男にずっと片想いを続けている。けれどある晩、セフレとの情事を目撃されてしまった‼ 遊びだと嘯く名久井を硬い表情で咎める浦木。なのに翌日思いつめた顔で「俺がセフレになります」と立候補してきて⁉

投稿小説 大募集

『楽しい』『感動的な』『心に残る』『新しい』小説――
みなさんが本当に読みたいと思っているのは、
どんな物語ですか?
みずみずしい感覚の小説をお待ちしています!

応募のきまり

応募資格

商業誌に未発表のオリジナル作品であれば、制限はありません。他社でデビューしている方でもOKです。

枚数/書式

20字×20行で50~300枚程度。手書きは不可です。原稿は全て縦書きにしてください。また、800字前後の粗筋紹介をつけてください。

注意

❶原稿はクリップなどで右上を綴じ、各ページに通し番号を入れてください。また、次の事柄を1枚目に明記して下さい。
(作品タイトル、総枚数、投稿日、ペンネーム、本名、住所、電話番号、職業・学校名、年齢、投稿・受賞歴)
❷原稿は返却しませんので、必要な方はコピーをとってください。
❸締め切りは特別に定めません。採用の方にのみ、原稿到着から3ヶ月以内に編集部から連絡させていただきます。また、有望な方には編集部からの講評をお送りします。(返信用切手は不要です)
❹選考についての電話でのお問い合わせは受け付けできませんので、ご遠慮ください。
❺ご記入いただいた個人情報は、当企画の目的以外での利用はいたしません。

あて先

〒141-8202 東京都品川区上大崎3-1-1
徳間書店 Chara編集部 投稿小説係